Ingrid Retterath

Weihnachtsgeschichten aus der Eifel

Bildnachweis
Titelbild: ullstein bild – Fischmann
Alle anderen Bilder stammen von der Autorin

1. Auflage 2016
Alle Rechte vorbehalten, auch die des auszugsweisen Nachdrucks
und der fotomechanischen Wiedergabe.
Satz und Layout: Christiane Zay, Potsdam
Druck: Zimmermann Druck + Verlag GmbH, Balve
Buchbinderische Verarbeitung: Buchbinderei S. R. Büge, Celle
© Wartberg Verlag GmbH & Co. KG
34281 Gudensberg-Gleichen, Im Wiesental 1
Telefon: 0 56 03 - 9 30 50
www.wartberg-verlag.de
ISBN 978-3-8313-2927-4

Inhalt

Hans Muff

Jedes Jahr am ersten Wochenende im Dezember fuhr die Naturfreunde-Motorwandergruppe in ein Naturfreundehaus, um dort mit einer gemeinsamen Nikolausfeier das Jahr ausklingen zu lassen. 1975 ging die Nikolausfahrt nach Berg bei Altenahr, einem ihrer Lieblingsziele.

Das Naturfreundehaus Berg liegt einen halben Kilometer außerhalb des Dorfes am Vischelbach. Bei schlechtem Wetter ist es durch den Wald geschützt, durch seine Lage am Nordhang des Vischelbachtals reichen aber schon wenige Sonnenstrahlen zum Wohlfühlen. Ein idealer Startpunkt für Wanderungen. Die übliche Halbtageswanderung führte in das knapp 7 km entfernte Altenahr. Dort konnte man sommers vom Ende des Wanderwegs auf dem Ditschardt mit der Seilbahn hinab in den Ort fahren, winters ging man zu Fuß.

Es hatte geschneit. Die Männer und Kinder stürmten direkt nach der Ankunft nach draußen, um sich eine ausgelassene Schneeballschlacht zu liefern und anschließend einen Wettbewerb zu veranstalten, welche Familie den schönsten Schneemann bauen konnte. Die Frauen bezogen derweil die Etagenbetten und legten bei einer gemeinsamen Tasse Kaffee die Kriterien für die Prämierung der Schneemänner fest.

Nach dem gemeinsamen Abendessen zogen sich die größeren Kinder auf das Zimmer von Brigitte zurück. Sie war die Älteste und gab den Ton an. Nicht nur draußen, sondern auch bei der Probe für die Nikolausfeier am Samstagabend. Traditionell trugen die Kinder bei dieser Feier Weihnachtslieder vor. Wer schon ein Instrument spielte, konnte damit die

*Die Kinder basteln mit Feuer-
eifer für den Nikolausabend.*

Darbietung bereichern. Elf Kinder waren zusammen-gekommen, davon wurden die fünf jüngsten als Sänger eingeteilt. Den Kleinsten kam die besondere Ehre zuteil, sich pro Lied mit der Triangel abzuwechseln. Begleitet wurden sie von einer ungewöhnlichen Mischung aus Instrumenten: zwei Blockflöten, eine Gitarre, eine Klarinette, eine Querflöte, eine Bratsche und eine Trompete. Udo hatte zu allem Überfluss den Schalldämpfer für die Trompete zu Hause vergessen, sobald er spielte, waren alle anderen nicht mehr zu hören.

Am nächsten Vormittag gab es für die Kinder eine gesunde Mischung aus Proben und Schneevergnügen. Nach dem Mittagessen halfen sie, den Aufenthaltsraum festlich zu gestalten und probten ein letztes Mal. Nun stand fest: Sie begannen mit „Leise rieselt der Schnee" und „Niklaus, komm in unser Haus", dann sollte der Nikolaus kommen, ihm wollten sie „Lasst uns froh und munter sein" singen. Wenn er seine Geschenke verteilt hatte, wollten sie „Schneeflöckchen, Weißröckchen" und „Eine Mu, eine Mä" vortragen.

Als Brigitte den Ablauf für alle zusammenfasste und erläuterte, stutzten die Geschwister Gabriele, Stefanie und Jörg und sahen sich skeptisch an. Sie waren erst im Sommer aus Bayern zugezogen.

❄ ❄ ❄

Nikolausfeier im Natur-
freundehaus.

„Wen bringt der Nikolaus mit?", fragte Gabriele

„Na, den Hans Muff!", antwortete Brigitte.

„Wer ist das denn?", wollte Gabriele wissen.

Udo schimpfte los. „Du kennst Hans Muff nicht? Den bringt der Nikolaus immer mit. Der ist ganz schwarz angezogen und hat eine Rute. Wenn der Nikolaus etwas Schlechtes über dich aus seinem großen goldenen Buch vorliest, bekommst du von Hans Muff den Hintern versohlt. Mit der dicken Rute! Zieh dir also besser zwei Unterhosen und zwei Hosen übereinander, dann tut es nicht so weh. Ich weiß das, denn ich bekomme jedes Mal Dresche vom Hans Muff."

Während er berichtete, kletterte der kleine Jörg auf den Schoß seiner großen Schwester Gabriele und Stefanie drückte sich ganz fest an ihre Geschwister. Allen stand die Angst ins Gesicht geschrieben. Jörgs Unterlippe zitterte verdächtig.

„Ach was", wischte Brigitte die schwarzen Gedanken beiseite. „Bestimmt wart ihr dieses Jahr ganz artig und gebt dem Hans Muff gar nichts zu tun." Sie legte ihren Arm beruhigend

✳ ✳ ✳

um Gabriele. „Dann bekommt ihr ein Lob vom Nikolaus und eine Tüte mit Orangen, Nüssen und Schokolade."

Beim Nachmittagskaffee lag auf jedem Teller ein Weckmann. Der neue Brauch, schon zu Sankt Martin Weckmänner zu verteilen, gefiel den meisten Mitgliedern nicht so gut, also hielten sie an dem ursprünglichen Brauch fest, den Weckmann erst zu Nikolaus zu verschenken. Immerhin stellte er ja den Heiligen Nikolaus dar und nicht den Heiligen Martin. Sie hatten sogar noch einen Bäcker gefunden, der die Gipspfeife mit dem Kopf nach oben einbuk, sodass sie entfernt an einen Bischofsstab erinnerte.

Nach dem Essen wunderten sich die Erwachsenen, dass die Kinder so schnell verschwanden und so ungewöhnlich leise waren. Hätten sie in den Schuppen hinter dem Haus geschaut, hätten sie die Kinder gefunden und bei etwas garantiert Verbotenem ertappt: Sie hatten an nicht vom Schnee bedeckten Stellen Gras und Kräuter gesammelt, in die Pfeifen gestopft und mit zufällig gefundenen Welthölzern angezündet. Zu dieser Zeit gab es noch eine Bohrung im Pfeifenholm, sodass die Pfeife tatsächlich geraucht werden konnte. Nach jeweils zwei bis drei Zügen war es allen Kindern speiübel, Jörg musste sich sogar übergeben. Dabei weinte er: „Bestimmt steht das heute Abend auch im goldenen Buch und ich bekomme zu dem Bauchweh auch noch eins auf den Po!"

Erwin und Köbes, deren Kinder schon groß waren, hatten sich am Nachmittag in die Wanderküche zurückgezogen. Dort nahmen sie die kleinen Zettel der Eltern entgegen, die sich über gute Schulnoten freuten oder über nicht zugedrehte Zahnpastatuben ärgerten. Erwin diktierte alles und Köbes trug es sorgfältig in eine Liste ein. Diese legte er in den großen Atlas, den er zu Hause mit Goldpapier eingeschlagen hatte. Außerdem musste der Nikolaus sein Lampenfieber

*Selbst die Kleinsten starteten am Naturfreundehaus Berg
zu Wanderungen.*

vor dem Auftritt mit einer halben Flasche Korn bekämpfen.
„Stimmbänder ölen", nannte er es. Nach dem Abendessen
gingen sie erneut hinab, um ihre Kostüme anzulegen. Der
Muff war von oben bis unten schwarz gekleidet und hatte
sogar sein Gesicht mit Kohle schwarz gefärbt.

Der Aufenthaltsraum war am Abend gut gefüllt. Fast 60 Na-
turfreunde hatten sich gut gelaunt um die festlich dekorierten Tische gesetzt. Die Kerzen wurden angesteckt und die
Feier begann. Dass die Instrumente der Kinder nicht perfekt
miteinander harmonierten, fiel gar nicht weiter auf. Alle Erwachsenen stimmten mit ein und sangen so laut wie schief.

Noch ehe der letzte Ton von „Niklaus, komm in unser Haus"
verstummt war, klopfte Köbes laut und polternd an die Tür
zum Aufenthaltsraum. Noch ehe jemand „Herein!" hätte ru-
fen können, betrat er den Raum, gefolgt von Erwin. Der runde Körper von Köbes passte prima zur Rolle des Nikolaus, er
trug den prall gefüllten Sack mit Geschenken für die braven
Kinder. Der Kraftsportler Erwin hatte genau die richtige Figur für den Hans Muff. Der schwarze Mann schaute grimmig

❋ ❋ ❋

und rasselte mit einer dicken Kette. Sein Sack war leer, er hatte ihn angeblich bei sich, um die unartigen Kinder hineinzustecken, bei denen es mit Rute und Kette nicht getan war. Die Erwachsenen freuten sich über solch authentische Darsteller, die Kinder bewegten sich kaum.

Köbes machte es sich auf dem eilfertig von zwei Vätern herbeigetragenen Stuhl bequem, schlug sein goldenes Buch auf und holte Luft, um mit dem Verlesen der Lobeshymnen und Missetaten zu beginnen. Da brach in den beiden Stuhlreihen der Kinder ein Tumult aus. Die kleine Stefanie rannte auf Erwin zu und biss ihm in die Hand, so fest sie nur konnte. Vor Schmerzen jaulte er, hüpfte auf und ab und rannte schließlich in den Waschraum, um seine malträtierte Hand zu kühlen.

Was der so Geschundene nicht mehr hören konnte und sich deshalb später erzählen ließ, war, dass Stefanie ihm wütend hinterherrief: „Und mein Jörgili haust du nicht! Der macht zwar viel Quatsch, zieht uns immer an den Haaren, aber hauen dürfen nur Mama, Papa, Gabi und ich ihn!"

Der Nikolaus hatte alle Hände voll zu tun, die aufgeregten Kinder und die amüsierten Erwachsenen zu beruhigen. Er verlas zwar alle guten und bösen Taten aus dem goldenen Buch, doch gab es höchstens einen mündlichen Tadel mit erhobenem Zeigefinger. Und jedes Kind bekam eine Tüte mit Leckereien. Gelöst und voller Inbrunst sangen nun alle „Lasst uns froh und munter sein".

Nach der Feier wurden die Kinder zu Bett geschickt. Sie schliefen nicht sofort ein, sondern erzählten und lachten noch bis tief in die Nacht. Davon merkten die Erwachsenen aber nichts, die gemütlich Glühwein und andere alkoholische Getränke tranken, sodass der Abend für alle lang wurde. Ab 1976 gab es bei den Nikolausfahrten der Motorwandergruppe keinen Hans Muff mehr ...

Mama, Papa,
der Baum brennt!

Weihnachten 1937. Ömchen hatte es sich auf der Ofenbank bequem gemacht und wiegte stolz den zwei Monate alten kleinen Friedrich in den Armen. Ihr Sohn Karl war im Stall und versorgte das Vieh, die Schwiegertochter Agnes und ihre sechsjährige Tochter Margarete schmückten den Baum mit selbst gebastelten Strohsternen, kleinen Lebkuchen und leuchtend roten Äpfeln. Sogar echte Bienenwachskerzen hatten sie im November beim Kolonialwarenhändler erstehen können. Sie diskutierten heftig über jeden einzelnen Zweig, der eine der sechs Kerzen tragen durfte.

Karl kam herein und schimpfte: „Habt ihr schon wieder Geld für das Winterhilfswerk ausgegeben, da ist ja eine neue Plakette neben der Tür!"

Agnes sah zu Boden. „Ja", druckste sie herum. „Aber wir müssen doch den Menschen helfen, denen es nicht so gut geht wie uns!"

„Das tun wir, indem wir den Leuten im Dorf von unserer Ernte abgeben und in der Messe Geld in den Klingelbeutel werfen", polterte Karl weiter. „Dieses Winterhilfswerk ist eine Propaganda der NSDAP, um im Volk den Einfluss der Religion und der christlichen Werte zurückzudrängen. Die vielen verschiedenen Plaketten sind ein billiger Trick, um so einfache Gemüter wie euch zu beeindrucken und eure Sammelleidenschaft zu bedienen!" Karl beruhigte sich allmäh-

Reetgedecktes Haus in der Nordeifel.

lich, lächelte und nahm seine Frau in den Arm: „Du hast es ja nur gut gemeint. Gut gemeint ist nicht immer gut gemacht. Aber Weihnachten will ich nicht streiten."

Er wusch sich, zog saubere Sachen an und sie fuhren mit dem Pferdefuhrwerk nach Kyllburg in die Stiftskirche. Ömchen blieb mit Friedrich zu Hause, um die festliche Ruhe in der Kirche nicht zu stören. Margarete durfte mitfahren, denn sie hatte versprochen, mucksmäuschenstill zu sein. Das fiel ihr nicht leicht, so gespannt wie sie auf das Christkind war. Zwar gab es in dieser Zeit noch keine Wunschzettel, wie wir sie kennen, aber Margarete hatte seit dem Sommer keine Gelegenheit ausgelassen, ihren Eltern und dem Ömchen zu erzählen, wie sehr sie sich eine Puppe wünschte. Sie rechnete sich gute Chancen aus, denn beim Strohhalmlegen für das Christkind war ein ansehnliches Polster zusammengekommen. Immer, wenn sie im Advent für etwas gelobt worden war, hatte sie einen Strohhalm in die Krippe legen dürfen.

❅ ❅ ❅

Ihr mitfühlendes Gemüt hätte es nicht verantworten können, wenn das Christkind am Heiligabend zu hart hätte liegen müssen. Also hatte sie versucht, möglichst oft brav zu sein.

Wieder zu Hause angekommen, lag die Bescherung in weiter Ferne. Erst wurden die Kerzen am Baum angesteckt, dann vier Weihnachtslieder gesungen. Karl las die Weihnachtsgeschichte aus der Bibel vor und sie sangen zwei weitere Lieder. Die Katze Miez hatte sich unter dem Weihnachtsbaum eingerollt und schlief. Ömchen brachte Friedrich in seine Wiege und half Agnes in der Küche. Viel gab es nicht zu tun, denn sie aßen traditionell Kartoffelsalat mit Würstchen. Der Heiligabend war ja sehr arbeitsreich und dieses Gericht ließ sich perfekt vorbereiten.

Karl ging in den Hof, um Bello zu holen. Dieser war eigentlich ein Hofhund, aber zu Weihnachten machte der Bauer eine Ausnahme. Bello lief in die gute Stube, während sich Karl schon hungrig an den Küchentisch setzte.

„Mama, Papa, der Baum brennt!", rief Margarete aus der Stube. – „Ja, ja", erwiderte Karl aus der Küche. „Mama, Papa, der Baum brennt!", rief das Mädchen erneut. – „Ja, Schatz, das wissen wir doch," antwortete die Mutter. – „Mama, Papa, der Baum brennt wirklich!", schluchzte Margarete nun und kam in die Küche gelaufen. „Jetzt auch die Gardine! Und wann kommt denn endlich das Christkind?"

Endlich hatten die drei Erwachsenen verstanden, was ihnen das Kind sagen wollte und stürzten in die Stube. Ömchen griff geistesgegenwärtig nach dem Blecheimer, den sie als Wassernapf für Bello bereitgestellt hatte. Hektisch schlugen Agnes und Karl mit Decken auf den Brandherd ein, während Ömchen einen Eimer Wasser nach dem anderen holte. Als der Brand endlich gelöscht war, nahm Karl sein Töchterchen auf den Schoß und sagte: „Die dummen Erwachsenen ha-

✳ ✳ ✳

ben nicht auf dich gehört. Dafür kommt das Christkind heute schon vor dem Essen."

Viel war von den Geschenken nicht übrig. Der Pfeifentabak für Karl war Opfer der Flammen geworden, ebenso die neue Schürze für Ömchen. Gerettet werden konnte der Kamm für Agnes, er hatte sich in der Hitze nur leicht verbogen. Das Größte aber war, dass das Geschenk für Margarete kaum zu Schaden gekommen war. Aus der Puppe tropfte zwar das Löschwasser heraus und einige Haare waren angesengt, sie wurde dennoch sofort lieb gehalten und die ganze Heilige Nacht über nicht losgelassen. Nach dieser Aufregung schlief das Mädchen auf Karls Schoß ein, bevor sie erzählen konnte, wie es zu dem Brand gekommen war.

Erst am Weihnachtsmorgen erfuhren die Erwachsenen, dass Miez in wilder Panik auf den Weihnachtsbaum geflüchtet war, als Bello hereinkam. Dabei war ein Zweig so nah an eine brennende Kerze gekommen, dass er sich entzündete. Bei genauerer Betrachtung war an der Schwanzspitze der Katze eine kleine verschmauchte Stelle zu entdecken, die Agnes herausschnitt. Und weil sie die Schere ohnehin in der Hand hatte, schnitt Agnes den angekokelten Haarschopf der Puppe zu einer flotten Kurzhaarfrisur zurecht. Margarethe drückte sie fest an sich und sagte: „Durch Bello hast du so eine schöne Frisur bekommen, ich nenne dich deshalb Bella!"

Ein kleines Weihnachtswunder

Mit dem Kauf und der Renovierung ihres Bruchsteinhauses hatten sich Markus und Marina finanziell ziemlich weit verausgabt. Sie hatten das Pech gehabt, genau in der Hochzinsphase nach dem deutschen Mauerfall gebaut zu haben. Satte 9,4 % Zinsen mussten sie für ihr 1993 vertraglich vereinbartes Baudarlehen zahlen.

Nun stand die Weihnachtszeit vor der Tür und sie freuten sich, als ihre Nachbarin ihnen einen kleinen Nebenjob anbot. Auf dem Weihnachtsmarkt in Kronenburg sollte ein Weihnachtsmann mit den Kindern sprechen und sich mit ihnen fotografieren lassen. Leider musste Markus am ersten Adventswochenende arbeiten, aber die Veranstalter hatten kein Problem damit, einem weiblichen Weihnachtsmann-Darsteller Bart und Kapuzenmantel umzulegen.

Am Freitagvormittag hatte Marina noch schnell Barbarazweige geschnitten. Sie liebte den Brauch, um den Tag der Heiligen Barbara am 4. Dezember Zweige aus ihrer Winterstarre ins Haus zu holen. Blühen sie an Weihnachten auf, ist das ein gutes Zeichen für die Zukunft. Sie schnitt einige Zweige von den alten Obstbäumen auf dem Grundstück. Birne, Zwetschge und Kirsche gaben bestimmt zusammen mit den Forsythien ein schönes Bild in der Vase.

Am Nachmittag war sie schon eine Stunde vor der verabredeten Zeit da und schlenderte durch die festlich geschmückten Straßen und Gassen. Die stimmungsvolle Kulisse der weiß verputzten Häuser des Burgberings unterhalb der Burg ließen in Marina ein Gefühl der Vertrautheit aufsteigen. Der vorweihnachtliche Hausschmuck war ansprechend und stilvoll, ganz anders als in Großstadtnähe, wo sich manche Zeitgenossen mit kitschigen Lichtern am Haus und im Vorgarten ein heftiges Wettrüsten boten. Ja, hier würde sie sich die nächsten drei Tage bestimmt wohlfühlen.

Sie erinnerte sich an ihre Kindheit. Ihre Eltern waren beide gehörlos und hatten dies an ihren Bruder vererbt. Als einziges hörendes Kind war sie oft damit überfordert, das Sprachrohr für die Familie zu sein. Umso mehr freute sie sich an den vielen Kindern auf dem Weihnachtsmarkt, die einfach nur Kind sein durften.

Nicht alles war erfreulich. Ein etwa zehnjähriger Junge riss ihr den Bart vom Kinn und lachte sie aus: „Der Weihnachtsmann ist eine Weihnachtsfrau!" Ein Vater wurde in der Menschenmenge so nah an sie gedrängt, dass er mit seiner glimmenden Zigarette ihre Wange traf. Ein kleines Mädchen weinte bitterlich, als es von seiner Mutter für ein gemeinsames Foto auf ihren Schoß gezwungen wurde, obwohl es offensichtlich Angst hatte.

Aber insgesamt überwogen die positiven Erlebnisse bei Weitem. Die vielen vertrauensvollen Begegnungen mit den Kindern, die aufgeregt aufgesagten Gedichte und schief gesungenen Weihnachtslieder machten ihr große Freude. Amüsiert hörte sie sich ewig lange Aufzählungen von Wunschzetteln an und gab mehreren Kindern die Anschrift vom Christkind in Engelskirchen im Bergischen Land, damit die Wunschzettel an die richtige Adresse geschickt wurden. Nach Marinas Auffassung war nämlich das Christkind für die Weihnachtsgeschenke zuständig, die vielen Weihnachtsmänner, die man ab Mitte November überall sah, waren für sie nur die Gehilfen des Christkinds.

An ihrem zweiten Tag als Weihnachtsmann bemerkte sie aus dem Augenwinkel eine ungewöhnliche Szene: Ein etwa siebenjähriges Mädchen mit langen geflochtenen Zöpfen und wachem Blick steuerte auf sie zu, wurde aber von den Eltern zurückgehalten. Zuerst dachte Marina, die Eltern hätten es einfach nur eilig, doch dann bemerkte sie, dass die Mutter das Kind festhielt, während der Vater gleichzeitig auf es einredete, indem er mit den Händen gebärdete. Marinas Neugier war geweckt. Ob das Mädchen wohl gehörlos war?

Der Vater machte dem Mädchen in rüden Worten klar, dass es gar nicht erst zum Weihnachtsmann gehen brauche, weil der es ja sowieso nicht verstehen konnte. Nun wurde Marina zornig. Selbst wenn sie es nicht verstanden hätte, wäre ihr das Kind willkommen! Aber dass sie der Gebärdensprache mächtig war und ein gehörloses Kind zu ihr wollte, konnte kein Zufall sein.

Sie stand auf und ging in schnellen Schritten auf die kleine Familie zu. Nach nur wenigen gebärdeten Worten löste sich die Spannung in der Familie. „Wie heißt du denn?", gebärdete sie. „Emma!", war die Antwort. Der Bann war gebrochen. Emmas Wangen glühten vor Eifer, als sie Marina von sich und ihren Weihnachtswünschen erzählte. Marina und Emma lachten miteinander und merkten gar nicht, wie die Zeit verging.

Als Marina sich darauf besann, dass sie ja für alle kleinen Weihnachtsmarktbesucher da war und aufschaute, sah sie sich umringt von einer Menschentraube. Keiner drängelte, sie möge endlich ihr Gespräch mit Emma beenden. Alle schauten den beiden gerührt und voller Interesse zu. Einige Frauen in der Runde schnieften vor Rührung in ihre Taschentücher, als Emmas Mutter auf Marina zuging, sie heftig

✳ ✳ ✳

umarmte und sagte: „In hundert Jahren hätte ich nicht damit gerechnet, dass Emma einmal allein mit dem Weihnachtsmann sprechen kann! Das ist ja ein echtes Weihnachtswunder!" Dem stimmten alle Anwesenden zu und werden diesen Adventssamstag wohl nie vergessen.

Der Christkindumgang

Im November 1928 oder 1929 muss es wohl gewesen sein, als Marianne ins achte Schuljahr der einklasigen Volksschule in Leudersdorf ging. Die groß gewachsene Schülerin war ihrem Lehrer durch besonders gute Kenntnisse im Religionsunterricht aufgefallen. Sie kannte sich im Katechismus aus und war für ihr Alter erstaunlich bibelfest. Also fragte er sie, ob sie beim diesjährigen Christkindumgang das Christkind darstellen wolle. Das sonst so zurückhaltende, fast scheue Mädchen jauchzte auf und fiel dem Lehrer Mettke um den Hals. Sie hatte zwar gewusst, dass dafür immer ein Mädchen aus dem Schulentlassungsjahrgang ausgewählt wurde, aber hätte nie damit gerechnet, dass sie es sein würde.

Pastor Jünkerath und der Lehrer bereiteten sie in den folgenden Wochen auf ihre Aufgabe vor. Beim Christkindumgang musste sie in weiße Schleier gehüllt am Heiligabend von Tür zu Tür gehen. Alle Kinder im Haus wurden, ihrem Alter entsprechend, nach ihren Bibelkenntnissen gefragt. Bei guten Kenntnissen gab es ein größeres Geschenk, bei spärlichen Kenntnissen einige traurige oder enttäuschte Worte und ein kleineres Geschenk.

Mahnende oder tadelnde Worte passten nicht zum Christkind. Ganz anders als der strenge Nikolaus, der bei schlechtem Benehmen laut lospolterte und eine Rute auf den Allerwertesten niedersausen ließ. Deshalb freuten sich die Kinder viel mehr auf das Christkind in seiner zarten und liebenswürdigen Art.

Dennoch war allen Kindern klar, dass es die Geschenke nicht ganz umsonst brachte. Also wurde in den Adventswochen jede Anstrengung unternommen, um ihm zu gefallen. Marianne wurde von den anderen Kindern geradezu bestürmt mit Fragen zur Bibel allgemein und zur Weihnachtsgeschichte im Speziellen. Zu Hause verhielten sich die Kinder brav und fragten sogar nach Arbeiten und Botengängen, zu denen sie sonst erst nach mehrfacher Aufforderung bereit waren. Selbst Mariannes sonst so wilder und widerborstiger Zwillingsbruder Alfons lernte und arbeitete fleißig – ganz gegen seine Gewohnheit. Alle Eltern im Dorf waren zufrieden.

In Leudersdorf und den Nachbarorten war es zu dieser Zeit üblich, dass ein zweites Mädchen als Engelchen verkleidet wurde und das tief verschleierte Christkind führte. Diese Aufgabe war Mariannes Freundin Magda zugefallen. Nun wollte es das Schicksal, dass Magda ausgerechnet am Tag vor dem Heiligabend die Windpocken bekam. Sie konnte also keinesfalls beim Christkindumgang dabei sein. Was tun? Die ratlosen Erwachsenen schauten verdutzt, als ausgerechnet Alfons sich anbot, die Personallücke zu schließen.

Marianne musste schmunzeln. „Was? Du willst Führ-Engelchen sein? Ein Junge als Engel! Ist dir das nicht peinlich vor deinen Freunden?", fragte sie.

✳ ✳ ✳

„Doch", brummte Alfons. „Aber wenn sonst das Christkind nicht kommt, wäre ja meine ganze Plackerei vergebens. Glaubst du etwa, ich lerne den ganzen Bibelkrams, weil mir das Spaß macht?!"

Die gutherzige Marianne wollte ihren Bruder nicht der Lächerlichkeit preisgeben. Also machte sie dem Pastor schweren Herzens einen Vorschlag: „Lassen Sie mich den Engel sein und Alfons geht als Christkind. Unter den vielen Schleiern sieht man ja nicht, dass es ein Junge ist. Und damit man es nicht an seiner Stimme hört, sage ich, das Christkind sei heiser und ich müsse die Fragen stellen."

Erleichtert, aber mit einem gewissen Rest an Skepsis, stimmten Pastor Jünkerath und Lehrer Mettke dem Vorschlag zu. In der Kürze der Zeit mangelte es an Alternativen.

Am Heiligen Abend zogen die Geschwister von Haus zu Haus. Marianne stellte die Fragen und freute sich an den vielen guten Antworten. Ihr Zwilling unter den Schleiern verteilte mit wachsender Freude die Geschenke an die meist jüngeren Kinder. Nachdem sie oben im Dorf alle Häuser besucht hatten, in denen das Christkind bestellt worden war, mussten sie hinab nach Flesten und Nollenbach. Die kleinen Weiler unten im Tal liegen zwar nur zwei Kilometer von Leudersdorf entfernt, aber mit dem Geschenkerucksack, im dichten Schneetreiben und wegen der hohen Neuschneedecke benötigten die Geschwister über eine Stunde, bis sie die ersten Häuser von Nollenbach sahen. In seinem Übermut achtete Alfons nicht auf den Weg. Er lief zu weit rechts, rutschte aus, schlitterte eine Böschung hinab und landete im Nollenbach. Marianne erschreckte sich, weil es so laut krachte, aber er war nicht verletzt, sondern nur durch die dünne Eisschicht am Rande des Wasserlaufs gefallen.

Nun stand er da: nass, schmutzig und enttarnt. Die Nollenbacher lachten kurz über das Missgeschick, zogen ihn schnell aus dem Bach, lobten die gute Idee mit der Krankheitsvertretung und halfen mit trockener Kleidung. Ömchen Leiff nahm sogar die Gardine in ihrer guten Stube ab, damit Alfons auf dem weiteren Weg nach Flesten wieder in seine geheime Rolle als Christkind schlüpfen konnte. Hier waren keine Fragen nötig, um die Geschenke zu verteilen. Marianne sah ja, dass in Nollenbach christliche Nächstenliebe im Alltag praktiziert wurde.

Eifel-Kirschen

Dezember 1951. Klara war zwei Wochen zuvor volljährig geworden und fühlte sich so einsam wie nie zuvor. Vor dem großen Krieg hatte sie mit ihrer Familie auf einem Bauernhof in einem winzigen Dorf im deutschen Osten gelebt. Vater, Großvater und alle vier Onkel waren gefallen. Während der Vertreibung durch die russischen Besatzer starben ihre Großmutter an Entkräftung und ihre Mutter, die schwer an Krebs erkrankt war. Ihr fünfjähriger Bruder und ihre achtjährige Schwester wurden unter Vormundschaft gestellt und in ein Heim gebracht. Sie musste weiterreisen. Nach ihrer Ankunft im Westen hatte sie ein paar Monate in einer Notaufnahmeeinrichtung in Niedersachsen gelebt, bis sie bei einer Verwandten Aufnahme fand. Über den Suchdienst des Deutschen Roten Kreuzes hatte sie erfahren, dass ihre Tante Gretchen den Krieg und die Vertreibung überlebt hatte und nun in Adenau in der Eifel wohnte.

Heute war Klara, die nun seit einigen Wochen bei ihrer Tante lebte, mit dem Schlitten unterwegs und hatte Brennholz für den Ofen gesammelt. Sie zog die schwere Last hinter sich her und brauchte eine Verschnaufpause. Als sie zum Markt kam, ließ sie den Schlitten stehen und setzte sich schwer atmend daneben auf die Treppe zum Haus Stein. Sie liebte dieses alte Fachwerkhaus von 1630, das zu Recht als das schönste Haus von Adenau bezeichnet wurde. Wie gut, dass es den Krieg unversehrt überstanden hatte. Die Alliierten hatten sich beim Bombardement auf den Bahnhof konzentriert, weil dort die V1 verladen worden war. Daher waren von den insgesamt rund 300 Gebäuden des Ortes nur 28 – meist in Bahnhofsnähe – zerstört worden.

Ihr Blick fiel auf den festlich geschmückten Weihnachtsbaum in der Platzmitte. Ganz traurig wurde sie bei dem Gedanken an die vergangenen Weihnachtsfeste. Sie sollte sich freuen, dass Tante Gretchen sie aufgenommen hatte. Aber sie hatte Heimweh. Heimweh nach einer Heimat, die nicht mehr existierte. Traurig fragte sie sich, wie Gott so viel Leid zulassen konnte und wie ihre Zukunft aussehen würde.

„Junge Frau, kann ich Ihnen helfen?"

Klara schreckte aus ihren trüben Gedanken auf und blickte in das Gesicht eines schlanken Mannes, der sie durch seine dicken Brillengläser fröhlich anlächelte. Er war vielleicht zehn Jahre älter als sie, vielleicht auch gleichaltrig. In diesen Zeiten war das schwer zu sagen, denn die Entbehrungen und das Leid im und nach dem Krieg hatten viele Menschen vorzeitig altern lassen.

„Sie wirken so traurig", fuhr er fort. „Eine solch hübsche Frau darf so kurz vor Weihnachten nicht traurig sein!"

„Ach", antwortete Klara, „ich bin doch nicht hübsch!"

✳ ✳ ✳

Der Mann lachte, ging mit den Händen auf dem Rücken um sie herum und begutachtete sie, als wäre sie ein Exponat in einem Museum. Klara fühlte sich in dem viel zu großen Mantel ihrer Tante sehr unbehaglich. Aber er hielt sie warm und sie war froh, dass sie ihn hatte. Klara war nur etwas mehr als 1,60 m groß und wirkte mit ihren kinnlangen mittelblonden Haaren und ihren wachen dunkelbraunen Augen eher wie ein junger Backfisch als wie eine erwachsene Frau. Nach drei Runden um das Objekt seiner Betrachtung sagte der Blick des Mannes, dass er Klara sehr wohl für hübsch hielt.

„Also?", hakte er nach.

„Bitte gehen Sie einfach weiter. Es ist nichts Besonderes und Sie können auch nicht helfen."

„Kommt gar nicht infrage!", widersprach er. „Es ist kalt und Sie sitzen hier ganz traurig im Schnee. Kommen Sie, da vorne ist ein Café. Darf ich sie auf eine Tasse echten Bohnenkaffee einladen?"

„Nein!"

Unwillkürlich errötete sie, als sie erkannte, wie schroff und unhöflich diese einsilbige Antwort erscheinen musste. Doch der junge Mann ließ sich nicht entmutigen. Im Gegenteil, ihre barsche Antwort ließ ihn freundlicher und gesprächiger werden.

„Wie? Nein? Warum nicht? Mögen Sie keinen Kaffee? Warten Sie auf jemanden? Haben Sie Angst vor mir?" Er unterbrach sich kurz. „Oh, Entschuldigung, ich habe mich gar nicht vorgestellt. Ich heiße Josef Kelberg, bin Schieferbrecher aus Mayen und habe keine bösen Absichten. Es ist sonst nicht meine Art, fremde Frauen anzusprechen. Aber Sie wirkten so verloren und einsam. Keiner darf Weihnachten traurig sein ..."

„Halt!", rief Klara. „Ich warte auf niemanden und Sie wirken nicht gefährlich. Ob ich Bohnenkaffee mag, weiß ich nicht,

✳ ✳ ✳

denn ich habe noch nie welchen getrunken. Aber er ist doch so teuer, noch dazu in einem Café!"

Josef legte den Kopf ein wenig schräg und sah sie mit einem warmen Blick an, dem sie nicht standhalten konnte. Er erinnerte sie an ihren Hofhund Bello, den sie ebenfalls vermisste. Also gab sie ihren Widerstand auf und folgte ihm quer über den Markt. Erstmals seit ihrer Ankunft fiel ihr auf, dass der Marktbrunnen aus Basaltsäulen bestand.

Im Café bestellte der Mann nicht nur Kaffee für beide, sondern außerdem für jeden ein Stück Kuchen. Aufmunternd sah er sie an. Sie schwieg und genoss die wohlige Wärme des Cafés. Die Möbel passten nicht zueinander, waren wahrscheinlich gebraucht. An den Wänden hingen Landschaftsmalereien und das Geweih eines Zwölfenders. Alle übrigen Tische waren besetzt mit Einheimischen, die die letzten Weihnachtsvorbereitungen kurz für einen entspannen Plausch mit Freunden unterbrochen hatten. In einer Nische loderte ein lustiges Feuerchen im Ofen, auf dem die Wirtin mit einem schweren eisernen Waffeleisen Kartoffelwaffeln buk.

„Josef", fragte Klara, „darf ich anstelle des Kuchens auch eine Waffel bestellen?" Sie staunte über sich selbst. So keck war sie sonst nie. Schon bei einer Kinderkur kurz vor Ausbruch des Krieges wurde sie als schüchternes Landei gehänselt.

„Natürlich!", antwortete er und änderte die Bestellung. Schweigend lächelten sie sich an.

„Ich weiß immer noch nicht, ob ich Ihnen helfen kann. Sicher ist aber, dass Sie mir helfen können", brach er das Schweigen.

Sie schaute erstaunt auf. „So? Wie denn?"

„Verraten Sie mir, was das für ein Dialekt ist, den Sie sprechen. Kommen Sie aus Berlin?"

„Gut erkannt", antwortete sie. „Ich komme aus der Mark Brandenburg, das hört sich ähnlich an."

„Mögen Sie mir von Ihrer Heimat erzählen?"

„Ungern, denn es macht mich sehr traurig, nicht mehr dort sein zu können."

Verständnisvoll schaute er sie an. „Der Krieg hat uns allen die Jugend genommen, nicht? Statt mein Abitur machen zu können, wurde ich mit nur 17 Jahren zum Soldaten und fand mich kurz darauf als Kriegsgefangener in der Provence wieder. Na ja, immerhin habe ich auf diese Weise etwas von der Welt gesehen, sonst hätte ich die Eifel wohl nie verlassen."

Klara seufzte und fasste Vertrauen: „Also gut, ich erzähle Ihnen, warum ich so traurig war, als Sie mich ansprachen."

So erzählte Klara von ihrer Kindheit an der Warthe, von ihrem langen Schulweg auf in den Schnee geschobenen Hohlwegen, von den Kriegswirren und Todesnachrichten aller Männer der Familie, von Flucht und Vertreibung, von harter Arbeit als Magd auf einem Gutshof, vom Krebstod ihrer Mutter. Je mehr sie erzählte, desto leichter wurde es ihr ums Herz.

„Ich vermisse sie so sehr. Meine Eltern haben zwar immer meinem Bruder den Vorzug gegeben und hatten bei Verfehlungen beide eine lockere Hand. Dennoch bin ich sicher, dass sie mich liebten. Immerhin war ich der Grund für ihre Heirat. Meine Großeltern waren mit meinem Vater nicht einverstanden, wollten einen Mann aus reichem Hause für ihre Tochter. Sie aber wollte nur ihn, also haben meine Eltern die Ehe erzwungen. Vor dem Altar war meine Mutter schon im siebten Monat schwanger."

Die Bedienung stellte leise eine zweite Tasse Kaffee vor Klara ab. Er schmeckte köstlich, ebenso die heiße Waffel, die mit fein gesiebtem Puderzucker serviert wurde. „Stellen Sie

✳ ✳ ✳

sich vor: Ich vermisse sogar den Lehrer Lehmann, der mir mit dem Rohrstock auf die Finger schlug, wenn ich vor Langeweile mit meinem Mund auf dem Unterarm Geräusche machte, die sich wie ein Pups anhörten. Er kannte sich aus in der Welt und konnte fremde Landschaften sehr gut beschreiben. Als ich im Herbst in Adenau bei meiner Tante ankam, wusste ich, dass ich eine neue Heimat gefunden habe, denn ich hatte das Gefühl, schon einmal hier gewesen zu sein, so gut hat Herr Lehmann die Eifel im Unterricht beschrieben. Die Landschaft ist so rau und lieblich zugleich, genau wie er damals sagte. Herr Lehmann erzählte auch von den ungewöhnlichen Traditionen wie Eierlagen. Ich wusste sogar, was ein Döppekooche ist, als ich nach der langen Flucht bei meiner Tante ankam."

Josef schmunzelte. „Sie sind ja gut über meine Heimat informiert. Mit solchen Vorkenntnissen werden Sie sich schnell einleben."

„Aber nur mit Ihrer Hilfe", ergänzte Klara. „Sie sind ein ehrlicher Mensch und können mir sagen, was von dem, was ich im Unterricht gehört habe, stimmt. Herr Lehmann hat nämlich zumindest in einem Punkt übertrieben, als er die Eifel beschrieb."

„Aha? Sie machen mich neugierig!"

„Eines Tages erläuterte er uns das Klima in der Eifel. Dabei erwähnte er den Ort Kalterherberg und die Schnee-Eifel. Alles in seinen Erzählungen passte gut zusammen, also habe ich ihm sogar geglaubt, als er uns mit heiligem Ernst mitteilte, dass die Winter in der Eifel so lang und hart sind, dass die Kirschen zwei Jahre brauchen, bis sie reif sind!"

Lachend verbrachten Josef und Klara den Rest des Nachmittags in dem Café. Als beide ihrer Wege gingen, wünschten sie sich gegenseitig ein frohes Fest. Josef bat darum, Klara rechts, links und rechts einen leichten Kuss auf die Wange zu hauchen, wie er es in Frankreich bei der Familie gelernt hatte, der er als Kriegsgefangener zum Arbeitsdienst zugeteilt worden war. Sie verabredeten sich für den 27. Dezember zu einer weiteren Tasse Kaffee

„Dann aber lieber Muckefuck", bat Klara „von echtem Bohnenkaffee schlägt mein Herz zu schnell." Ob es wirklich am Kaffee lag?

Schlüsselerlebnis

Nach dem Besuch des Weihnachtsmarkts in Monschau kamen Sandra und Thomas mit ihren Söhnen Max und Tim gut gelaunt nach Hause. Noch eine letzte Runde durch die schneebedeckte Altstadt und ein Besuch der „lebenden Krippe", bevor sie morgen in den zweiwöchigen Badeurlaub im sonnigen Süden starten würden.

Die Kinder liebten die „lebende Krippe" ebenso wie Sandra, die in Monschau groß geworden war und 1985 als Kleinkind die erste Aufführung gesehen hatte. Seither hatte sie keine Aufführung versäumt, die von Laiendarstellern mit großer Konzentration und Leidenschaft präsentiert wurde. Nun schon zum dreißigsten Mal war sie berührt von der Ruhe, die von diesem Auftritt ausging. Egal, wie viele Zuschauer anwesend waren; egal wie turbulent es unten auf dem Weihnachtsmarkt in der Altstadt und oben in Imgenbroich in den Geschäften zuging: Hier auf dem Burggelände in dem

Stall mit Ochs und Esel war stets eine ruhige und besinnliche Stimmung. Entspannt und guten Mutes konnten sie nun ihre Koffer für die Reise packen.

Wie immer klemmte der Schlüssel für die Haustür, als Sandra ihn im Schloss drehen wollte. Normalerweise reichte es, die Tür am Knauf zu sich heranzuziehen. Diesmal aber nicht.

Thomas schob sie beiseite. „Lass mich mal", sagte er, und dann „So ein Mist!" Der Schlüssel war im Schloss abgebrochen. Immer noch gut gelaunt kramte er in seinen Taschen, um seinen Schlüssel herauszunehmen, bis ihm einfiel, dass er ihn ja der Nachbarin gegeben hatte, die sich um Blumen und Briefkasten kümmern sollte. Kurzerhand schickte Thomas seinen Sohn Tim zur Nachbarin, um den Ersatzschlüssel zu holen. Nach einigen Minuten kam Tim mit hängenden Schultern zurück. „Die Frau Schmitz ist nicht zu Hause", verkündete er, „und mir ist bibberkalt!" Auch Sandra und Max zitterten in der Kälte. Max maulte: „Papas Schlüssel hätte ja sowieso nicht geholfen. Den kann ja keiner ins Schloss stecken, solange der Rest von Mamas Schlüssel drinsteckt." Kluges Kind, leider hatte es recht.

Also machte sich Thomas auf den Weg zum Nachbarn Heibel schräg gegenüber. Der Rentner hatte einen gut sortierten Werkzeugkeller, bestimmt konnte er ihnen eine Zange leihen, um den Bart aus dem Schloss zu ziehen. Schon während es klingelte, wurde die Tür aufgerissen. Thomas fuhr erschrocken zurück. Herr Heibel entschuldigte sich: „Ich habe gesehen, dass Sie nicht reinkommen. Kann ich Ihnen helfen?" In null Komma nichts hatte er eine Sammlung von Zangen und anderen Werkzeugen in eine Tasche gepackt und lief mit Thomas zu dessen Haustür.

Sie sahen, dass Sandra mit den Kindern hinter der Haustür von Frau Gründel, einer anderen Nachbarin, verschwand.

Die alte Dame nahm öfters Pakete für Thomas und Sandra an, sonst wussten sie aber nicht viel voneinander. Frau Gründel kam nach ein paar Minuten mit zwei dampfenden Tassen Kaffee zu Thomas und Herrn Heibel. „Na? Klappt es?", fragte sie. „Ihre Frau und Ihre Jungs wärmen sich bei mir auf. Wenn sie fertig sind", nun schaute sie Herrn Heibel an, „kommen Sie doch bitte auch mit zu mir rein, bis Frau Schmitz zurück ist. Es ist viel schöner, einen Adventssonntag in Gesellschaft zu verbringen."

Mit allerlei Tricks gelang es Herrn Heibel schließlich, das abgebrochene Stück aus dem Schlüsselloch zu ziehen. Die beiden Männer brachten das Werkzeug zurück, klebten Frau Schmitz einen Zettel an die Tür und machten es sich in Frau Gründels wohlig warmem Wohnzimmer bequem. Während sie Kaffee, Kakao und Weihnachtsplätzchen genossen, erzählten alle durcheinander. Über den Weihnachtsmarkt, den abgebrochenen Schlüssel und viele andere Missgeschicke. Allen war kuschelig warm, sodass der Kaffee durch Bier und der Kakao durch Apfelschorle ersetzt wurden.

Als später Frau Schmitz klingelte und sich mit dem Ersatzschlüssel in der Hand für ihre lange Abwesenheit und die damit verbundene späte Hilfe entschuldigen wollte, wurde auch sie in die fröhliche Runde gebeten. Es war schon lange nach der normalen Schlafenszeit der Jungen, als alle den Heimweg antraten.

Tim nahm die Hand seiner Mutter. „Hast du gewusst, dass die alle immer allein sind?", brachte er die Gedanken seiner Eltern auf den Punkt. „Ich habe es zumindest geahnt", erwiderte seine Mutter, „aber das wird sich in Zukunft ändern. So nette Menschen sollten sich viel öfter treffen. Wenn wir aus dem Urlaub zurück sind, laden wir alle drei zu uns ein."

❄ ❄ ❄

Wir feiern die Feste,
wie sie fallen

Heinrich und Helene machten sich große Sorgen um ihre kleine Tochter Susanne. Schon vor Monaten war der vorher stets quirlige Blondschopf öfters schlapp gewesen, hatte keine Lust mehr zum Spielen gehabt. Als sie immer wieder über Schmerzen in den Knochen klagte, schickte die Frau von der Mütterberatung Susanne zur Kinderärztin. 1966 gab es noch nicht so viele Kinderärzte, deshalb war Helene sehr froh über die Mütterberatung, in der es fachkundige Tipps für alle Lebensbereiche gab. Die Kinderärztin verwies Mutter und Kind sofort in eine Fachklinik. Die Ärzte diagnostizierten bei der Vierjährigen eine akute lymphatische Leukämie – Blutkrebs. Die Eltern waren entsetzt und schockiert, wie sollten sie das Susanne erklären? Die Prognosen waren ungewiss, es handelte sich um eine aggressive Verlaufsform. Und dann stand auch noch Weihnachten vor der Tür. Mit den Ärzten hatten sie abgesprochen, dass die Familie die Weihnachtstage gemeinsam zu Hause feiern würde, gleich danach würde die Chemotherapie beginnen.

So schonend wie möglich, aber so ehrlich wie nötig, brachten sie ihrer kleinen Susi bei, was auf sie zukommen würde. Susanne stellte viele Fragen, die wichtigste aber war: „Bin ich gesund, wenn das Christkind kommt und wenn wir Karneval feiern?"

Helene nahm ihr Töchterchen auf den Schoß. „Weihnachten ist ja schon in ein paar Tagen, da bist du so gesund oder krank, wie du heute bist", sagte sie.

„Gut", antwortete Susanne. „Und Karneval?"

„Das kann ich dir nicht sagen, mein Schatz", gab Helene ehrlich Auskunft. „Es kann sein, dass du dann schon wieder ganz gesund bist, oder dass es dir so geht wie jetzt. Es kann aber auch sein, dass es dir viel schlechter geht. Das weiß keiner, nicht einmal die Ärzte."

„Ach Mama, schau doch deshalb nicht so traurig", sagte Susanne in einem niedlichen tröstenden Tonfall. „Dann feiern wir eben morgen schon Karneval!"

Kurz berieten sich Helene und Heinrich. Warum eigentlich nicht? Schnell waren einige Freunde und Nachbarn informiert. Sie kamen am nächsten Morgen mit guter Laune und kostümiert zu Besuch. Heinrich, Helene und Susanne trugen ihre Kostüme vom Vorjahr und waren lustig geschminkt.

Über Nacht hatte es geschneit, in der Schneifel war dies nicht ungewöhnlich. Ein dicker Bär (Heinrich), der gegenüber vom Gasthaus Bei Lonnen mit der Schneeschaufel einen Weg von seinem Haus zur Straße räumte, zog neugierige Blicke von Pilgern auf sich, die nach Trier unterwegs waren. Schnell war ihnen der Grund erklärt, sie schlossen sich der Gruppe spontan an und wurden mit lustigen Hüten aus dem Fundus der Familie ausgestattet.

Alle zogen zusammen jede Straße im Ort hinauf und hinab, sangen Karnevalslieder und freuten sich des Lebens. Unbeteiligten muss es sehr merkwürdig vorgekommen sein, eine Gruppe von etwa 40 Erwachsenen und Kindern am 22. Dezember als Karnevalszug durch Ormont ziehen zu sehen. Den Beteiligten war das vollkommen egal. Hauptsache, sie konnten einem todkranken Kind einen Wunsch erfüllen. Glücklich und zufrieden saßen alle nach dem Zug noch lange Bei Lonnen und sangen weiter Karnevalslieder bei Kakao, Bier und Printen.

✳ ✳ ✳

Die beiden Pilger versprachen, für Susanne eine Kerze in St. Matthias in Trier aufzustellen. Das Grab des Apostels Matthias war nämlich ihr Ziel für den zweiten Weihnachtstag.

In Ormont wurde Weihnachten gefeiert, wie im Kalender vorgesehen. Und die Gebete wurden erhört. Die Chemotherapie schlug an und Susanne konnte im Februar erneut Karneval feiern. Der Karnevalsprinz nahm sie auf seinem Wagen mit und sie winkte allen kostümierten Jecken zu, bis ihr die Arme schmerzten. Sie wusste aber, dass es diesmal keine Knochenschmerzen vom Krebs waren, sondern die ersten Vorzeichen für einen dicken Muskelkater. Das hatte ihr die Mama vorher erklärt.

Weihnachten ohne Baum

Es war das erste Weihnachtsfest nach dem Zweiten Weltkrieg. Das Geld und die Lebensmittel waren knapp, die Hoffnungen und Erwartungen an die erste Nachkriegsweihnacht dagegen hoch. Käthe hatte schon vor Wochen alle Zutaten gesammelt, um Brot aus Maismehl zu backen. Das wollte sie am ersten Weihnachtstag mit selbst eingekochtem Apfelkompott, Pflaumenmus und ebenfalls selbst gemachter Bucheckernwurst zum Frühstück anbieten. Was davon übrig blieb, konnte nachmittags befeuchtet und mit Zucker bestreut auf der Herdplatte geröstet werden.

Die Zutaten für Rübenkraut-Spekulatius standen bereit. Außerdem ließ sie die kleine Christel das Waffeleisen für den

Kohlenherd schrubben, denn sie wollte fürs Mittagessen Kartoffelwaffeln backen. Allein bei dem Gedanken an einen solchen Schlemmertag lief ihr das Wasser im Mund zusammen. Ihren Mann Heinz hatte sie mit den Söhnen Walter und Lothar in den Wald geschickt, um einen Weihnachtsbaum zu schlagen. „Geht aber bitte dieses Mal wirklich in den Wald! Ihr wisst, dass der alte Mauel es gar nicht gerne sieht, wenn sich das halbe Dorf an den Tannen auf seinem Privatgrund bedient." Pflichtschuldig nickten Heinz, Walter und Lothar, zogen sich die Jacken, Schuhe und Mützen auf und gingen los.

Schon nach einer halben Stunde kamen sie mit einem schön gewachsenen Baum zurück. Käthe mahlte grade die Eicheln, aus denen sie einen Muckefuck für den Nachmittagskaffee aufbrühen wollte. Es kam ihr zwar komisch vor, dass die drei so schnell zurück waren, sie dachte aber nicht weiter darüber nach.

Traditionell ließ Heinz es sich nicht nehmen, als Familienoberhaupt den Tannenbaum allein in den Ständer zu setzen und zu schmücken. Als er damit fertig war, brachen sie zur Christmette in Schalkenmehren auf. Das war ein Fußweg von etwa einer knappen Stunde von Gemünden aus, wenn alle strammen Schrittes gingen. Die Kirchen in Gemünden und Daun lagen zwar näher, aber Heinz bestand darauf, in seinem Heimatort in die Kirche zu gehen. Käthe war das ganz recht, denn sie ging diesen Weg gerne. Am Gemündener Maar führte der Pfad hinauf zum Dronketurm, hinab zum Totenmaar und noch weiter hinab am Schalkenmehrener Maar vorbei zur Kirche. Auf dem Hin- und Rückweg zogen alle an der Glocke in der Weinfelder Kapelle am Totenmaar. Das sollte Glück bringen. Wer die Glocke läutete, kam gesund wieder zurück zu dieser Kapelle, so die Überlieferung.

❄ ❄ ❄

Nach ihrer Rückkehr sollte die Bescherung sein. Aber als Heinz die Haustür aufschloss, strömte ihnen ein solch penetranter Gestank entgegen, dass sie kaum atmen konnten. Alle rannten los, um sämtliche Fenster zu öffnen. Schnell war der Ursprung des Geruchs identifiziert. Die Tanne!

Heinz packte sie und warf sie aus dem Fenster der Guten Stube in den Garten. Kleinlaut musste er Käthe eingestehen, dass er keine Lust gehabt hatte, mit zwei fußfaulen Jungen die weite Strecke bis zum öffentlichen Wald zu laufen, also bedienten sie sich wieder einmal beim Bauern Mauel. Der hatte allerdings vorgesorgt und seine Nadelbäume mit Gülle übergossen. Das war draußen in der Kälte gar nicht zu riechen gewesen, der „Duft" entfaltete sich erst nach und nach in der warmen Wohnung.

Am ersten Weihnachtstag musste Heinz mit den Jungen noch einmal durch die Kälte laufen. Käthe hatte darauf bestanden, dass sie sich beim alten Mauel für den Diebstahl entschuldigten und eine Auswahl ihrer kulinarischen Köstlichkeiten mitnahmen. Auf dem Mauelhof trafen sie vier weitere Männer aus dem Dorf, die von ihren Frauen mit Entschuldigungsgaben geschickt worden waren. Das Gelächter über die eigene Dummheit war groß und auf diese Weise schmerzte es nicht mehr so sehr, von der Ehefrau die Weihnachtsleckereien entzogen bekommen zu haben. Geteiltes Leid war in diesem Fall wirklich halbes Leid.

Ein Lied für Herrn Pauli

„Mama, was wünschst du dir zu Weihnachten?", fragte Michaela, die am Küchentisch saß und mit ihren jüngeren Geschwistern Uwe und Annette an das Christkind schrieb. Es waren kurze Briefe mit langen Wunschzetteln. Die Mutter schaute verdutzt auf. „Es darf aber kein Geld kosten, wir sind nämlich pleite!"

Die Mutter lachte: „Na, dann bastelt mir doch etwas Schönes!", und schaute in lange Gesichter. „Och, nö, Mama, du weißt doch selbst, dass das immer hässlich ist. Du tust zwar so, als ob du dich freust, aber schön basteln können wir einfach nicht."

„Dann lasse ich mich überraschen", entgegnete sie.

„Und was sollen wir Papa schenken?", kam sofort die nächste Frage.

„Den solltet ihr auch überraschen. Ihr habt ja noch über einen Monat Zeit. Hört einfach ganz genau zu, dann findet ihr bestimmt heraus, was wir uns wünschen."

Gut, sie sollten ihre Überraschung haben! Ab sofort belauerten die Kinder ihre Eltern. Michaela, die schon schreiben konnte, machte eifrig Notizen. Als Mama am Telefon über ihre Freundin Claudia sprach, die gerne zu allem ihren Senf dazugab, notierte Michaela „Senf für Claudia." Schon am nächsten Tag schimpfte Papa über seinen Chef. „Wenn er nicht mein Chef wäre, würde ich ihm nur zu gerne mal ein Liedchen singen!", stöhnte er am Schluss. Oh, dachte Michaela, das traut er sich bestimmt nicht, weil er immer so schief singt. Michaela notierte „Lied für Herrn Pauli."

In einem der nächsten Telefonate sagte Mama: „Ich sollte meiner Großmutter viel öfter mal ein Ohr schenken!" Michaela ergänzte ihr Schreibheft um „Ohren für Uroma".

Uwe kam mit Papa vom Fußballplatz zurück und zog seine Schwester aufgeregt beiseite: „Papas Mannschaft hat gegen die Holsthumer gespielt. Gleich zweimal hat Papa während des Spiels ,Gib ihm Saures!' gerufen und damit Frank gemeint, den Torwart der Gegenseite." Den kannte Michaela. Er war mit Papa in die Lehre gegangen. Komisch, sie dachte, er kann ihn gar nicht leiden. Michaela notierte „Saures für Frank".

Am Wochenende fragte Papa am Mittagstisch, wie es Onkel Karl geht. Mama berichtete, dass Karl wegen eines Magengeschwürs fürchterlich schlechte Laune hat und bald zur Operation ins Krankenhaus muss. „Soll ich ihn nach seiner Genesung mal zu uns einladen?", fragte Mama. Papa stöhnte auf: „Der fehlt mir grade noch zu meinem Glück!" Michaela notierte „Onkel Karl einladen".

Als Mama die Weihnachtskiste vom Speicher geholt hatte, fiel ihr eine Kristallschale in die Hände, die sie im vergangenen Jahr bei einer Tombola gewonnen hatte. „Die würde ich höchstens meinem ärgsten Feind schenken!", rief sie aus. Die Geschwister schlichen in den Flur und berieten. Wer ist Mamas ärgster Feind? Bestimmt der olle Nachbar Schröck, mit dem sie sich so oft über den Gartenzaun hinweg stritt und mit dem sie schon einige Male Gespräche beim Schiedsmann hatte. Michaela notierte „Kristallschale für Herrn Schröck".

Kurz vor Weihnachten lag eine Weihnachtskarte von Papas Schulfreund Hanno im Briefkasten. Er schrieb, dass er über Weihnachten bei seinen Eltern zu Besuch war. „Hach", seufzte Papa, „damals waren wir ganz dicke Freunde. Für Hanno hätte ich mein letztes Hemd gegeben." Michaela notierte „Hemd für Hanno".

Die letzten Tage vor Weihnachten waren hektisch wie immer. Es wurde geputzt, dekoriert, gebacken, eingekauft. Mama war ständig unterwegs. Papa musste im Büro Überstunden machen, um zwischen den Tagen frei zu bekommen. Die Eltern wunderten sich darüber, dass die Kinder so brav miteinander spielten. Sie wussten ja nicht, wie beschäftigt die drei waren. Die Liste der Weihnachtswünsche ihrer Eltern war lang und sie hatte sich vorgenommen, alle zu erfüllen:

1. Senf für Claudia
2. Lied für Herrn Pauli
3. Ohren für Uroma
4. Saures für Frank
5. Onkel Karl einladen
6. Kristallschale für Herrn Schröck
7. Hemd für Hanno

Hinter Punkt 5.) hatten sie einen Haken gesetzt. Michaela hatte Onkel Karl in der vergangenen Woche einen Brief geschrieben und ihn zum Abendessen am Heiligabend eingeladen. Während sie die Geschenke einpackten, übten sie verschiedene Weihnachtslieder. Am besten klang „Morgen, Kinder, wird's was geben".

Am Morgen des 24. 12. brach Papa früh auf, um einen Weihnachtsbaum, Brot und frisches Fleisch zu kaufen. Mama bat die Kinder, sie nicht zu stören, weil sie die Geschenke einpacken und das Wohnzimmer schmücken wollte. Außerdem musste sie Kartoffeln kochen und pellen, denn natürlich gab es am Heiligabend Würstchen mit Kartoffelsalat wie in jedem Jahr. Das war den Kindern sehr recht, denn sie hatten viel zu tun. Als Erstes gingen sie zu Herrn Schröck und überreichten ihm die sorgfältig eingepackte Kristallschale. Irritiert nahm er das Geschenk entgegen und die Kinder baten

✳ ✳ ✳

ihn, es gleich auszupacken. Als er die Schale in den Händen hielt, lachte er laut los. Die Kinder erschraken, hatten sie ihren Nachbarn doch noch nie lachen gehört. Er schüttelte allen dreien die Hände, dass es wehtat und bedankte sich aufs Herzlichste. „Genau solch eine Schale hatte meine Mutter immer mit selbst gemachten Karamellbonbons auf dem Küchenbuffet stehen. Vielen Dank!", rief er. „Ihr habt mir eine Kindheitserinnerung zurückgegeben."

Als Nächstes klingelten sie bei Herrn Pauli. „Was macht ihr denn hier?", fragte er, als er die Tür öffnete. Als Antwort sangen sie ihm ihr Weihnachtslied und verschwanden sofort wieder.

Nun waren die Eltern von Hanno am anderen Ende des Dorfes dran. Sie wohnten neben der alten Irreler Mühle direkt an der Nims, dazu mussten die Kinder die Alte Bahnhofsstraße hinter dem Gewerbegebiet bis zu ihrem Ende laufen, das waren hin und zurück fast zwei Kilometer. Dort gaben sie das Päckchen mit dem Hemd ab, das Papa letzte Woche neu gekauft hatte. Hanno selbst war noch auf der Autobahn unterwegs, aber seine Mutter dankte den Kindern herzlich im Namen ihres Sohnes und schenkte ihnen im Gegenzug eine Tafel Schokolade.

Michaela fuhr allein mit dem Rad nach Holsthum, um dem Fußball-Frank eine kleine Tüte mit sauren Gummitierchen zu schenken, die sie sich beim letzten Einkaufen von Mama erbettelt hatte. Eigentlich durfte sie allein gar nicht so weit fahren, denn auf der Prümzurlayer Straße, der L4, fuhren die Autos immer sehr schnell. Egal, dann fuhr sie eben nicht auf der Straße, sondern auf den Wegen neben der Prüm. Durch die Nähe zur Teufelsschlucht gab es im Wald viele gute Wege für Wanderer und Radfahrer, auf denen selbst an Heiligabend so viele Ausflügler unterwegs waren, dass sie sich nicht fürchten musste. Sie passierte auf einem Radweg die Waldschänke und bald darauf den Irreler Wasserfall. Dabei musste sie über ein paar Touristen aus den Niederlanden lachen, die sich schrecklich aufregten, dass die in der Karte eingezeichneten Wasserfälle nicht mehr als ein paar Stromschnellen waren. In Prümzulay wechselte sie die Talseite, um in Holsthum keinen Umweg über die Prümbrücke fahren zu müssen, denn Frank wohnte zum Glück gleich am Dorfrand. Vor Aufregung fuhr sie etwas zu schnell und wäre fast in den Mausebach gefallen. Doch alles ging gut. Nun noch aus dem Wald heraus, über die Felder und schon war das Ziel erreicht.

Währenddessen übergaben die Kleinen ihrer Uroma im Haus St. Ambrosius die bei der Weihnachtsbäckerei abgezweigten Schweineohren. Sie blieben, bis Michaela sie abholte. Die Uroma freute sich sehr über den unerwarteten Besuch, das lange Gespräch und das köstliche Gebäck. Sie erzählte, wie sie früher selbst Schweineohren gebacken hatte, als Oma noch ein kleines Mädchen war. Wie spannend! Dazu tranken alle köstlichen Kakao aus der Cafeteria.

Auf dem Heimweg übergaben sie Mutters Freundin Claudia einen Topf mit Monschauer Senf, den sie aus Mamas Vorratsschrank genommen hatten. Mit Senf aus der historischen Senfmühle in Monschau konnte man nichts verkehrt machen, sagte Mama immer. Sie hatte stets mindestens sechs verschiedene Sorten vorrätig. „Hm, köstlich", seufzte Claudia, „den Rieslingsenf mag ich am allerliebsten. Woher wusstet ihr das? Den nehme ich sofort morgen für unsere Weihnachtsgans. Wenn ich sie damit einreibe, bevor sie in den Ofen kommt, schmeckt sie gleich doppelt so gut."

Als sie zu Hause ankamen, lief Mama ihnen entgegen. Sie lachte und hob den rechten Zeigefinger in die Höhe. „Eigent-

❄ ❄ ❄

lich müsste ich mit euch schimpfen, weil ihr so lange weg wart, ohne mich zu informieren." Die Kinder zogen die Köpfe ein, Michaela errötete. Aber Mama zog sie alle in ihre Arme und fuhr fort: „Aber ich wusste ja immer ganz genau wo ihr euch aufgehalten habt. Könnt ihr euch vorstellen, warum in den letzten Stunden der Herr Schröck, Herr Pauli, Claudia, Uroma, Frank und Hanno bei mir angerufen haben?"

Nun lachte sie. „Ihr kommt ja auf tolle Ideen!", sagte sie und wuschelte allen dreien durch die Haare. „Wisst ihr, dass ihr all diesen Menschen eine tolle Weihnachtsüberraschung gemacht habt? Ein schöneres Weihnachtsgeschenk konntet ihr Papa und mir nicht machen, wir hätten uns das nie getraut, ihr mutigen Mäuse!"

Noch während sie ihre Kinder küsste, kamen Papa und Onkel Karl zeitgleich in die Einfahrt gefahren. Papa sprang aus dem Auto und zischte Mama an: „Hast du den Griesgram eingeladen?" – „Schhhh", legte Mama den Finger auf den Mund. „Ich war's nicht, weiß aber, von wem es kommt. Bitte schimpf nicht mit den Kindern, bevor ich dir erzählt habe, womit sie den Vormittag verbracht haben." – „Na, gut", brummte Papa und schaute einem gut gelaunten Onkel Karl beim Aussteigen zu. „Hallo zusammen!", rief er schon von Weitem. „Stellt euch vor, ich bin meine Magenprobleme los. Mein Arzt sagte, dass manche Magenkrankheiten zu schlechter Laune führen. Ich muss ein echtes Ekelpaket gewesen sein und hoffe, ihr seid nicht nachtragend."

Weihnachten im Bleibergwerk

Nun dauerte der Krieg bereits mehr als fünf Jahre, die Luftangriffe nahmen vor den Feiertagen erheblich zu. Waren die Alliierten so herzlos und würden sogar an den Weihnachtstagen Bomben abwerfen? Die Mechernicher ließen es nicht darauf ankommen und machten sich auf ein Weihnachtsfest in den Stollen des Bleibergwerks gefasst. Dieses war als eine Luftschutzanlage für die Belegschaft des Bleibergwerks und die Bevölkerung Mechernichs angelegt worden. Die stillgelegte Grube bot Raum für die Gemeindeverwaltung und einige Ärzte. In einem abgelegenen Stollen war ein unterirdisches Krankenhaus angelegt worden, in dem sogar operiert wurde.

Im Sommer war es in der Grube Günnersdorf bitterkalt, aber im Winter wirkten die unter Tage konstant zu messenden 9°C fast schon kuschelig warm. Anton Kaulen brachte seine Familie an Heiligabend in der Grube in Sicherheit. Er selbst musste noch einmal losziehen, denn er leitete das Postamt. Das war zwar organisatorisch in die Grube gezogen, er wollte aber im eigentlichen Gebäude des Postamtes nach dem Rechten sehen. Das Postamt lag vis-à-vis vom Bahnhof. Es beherbergte auch das Büro des Telegrafenleitungsaufsehers Herbert Hornig, der gleichzeitig sein bester Freund war. Dieser war Junggeselle und schlug Antons Einladung aus, gemeinsam mit den Kaulens Weihnachten in der Grube zu feiern.

„Tünn", sagte er zu Anton, „ich muss doch den Fernsprechbetrieb aufrechterhalten." Anton schüttelte den Kopf. So viel Pflichtbewusstsein grenzte in Zeiten wie diesen an Lebensmüdigkeit. „Im Übrigen habe ich hier oben mehr Muße, um Briefe an meine Brüder an der Front zu schreiben und von einem besseren Leben zu träumen."

Anton ging kurz in seine Wohnung im selben Gebäude und packte seinen Rucksack mit Dingen, die ihnen das Fest verschönern sollten. Der von seiner Frau selbst genähte Teddy für seinen Sohn Rudi und die Puppe seiner Tochter Mathilde durften nicht fehlen. Zur Sicherheit packte er das Familienstammbuch und einige Fotos ein. Bevor er ging, nahm er einen über 40 Jahre alten Band mit Gedichten von Rilke aus dem Regal, ein Erbe seiner Großmutter. Herbert hatte im Herbst wieder und wieder Rilkes Gedicht vom Herbsttag zitiert:

„Wer jetzt allein ist, wird es lange bleiben,

wird wachen, lesen, lange Briefe schreiben",

begann die dritte Strophe. Das passte so gut auf Herbert. Bestimmt würden ihm auch die anderen Gedichte in dem schmalen Band gefallen. Gesagt, getan, Anton überreichte seinem Freund das Geschenk. Sie umarmten sich, klopften sich auf die Schultern und wünschten sich gegenseitig ein frohes Fest.

Die Kinder Rudi und Mathilde freuten sich sehr darüber, dass der Papa ihre Spielzeuge mitbrachte. Die Weihnachtsnacht unter Tage war stimmungsvoll und bedrückend zugleich. Im vergangenen Jahr hatten sie noch im Dorf gefeiert. Würden sie im nächsten Jahr das Weihnachtsfest überhaupt erleben? Wäre doch endlich wieder Friede! Das war der vorherrschende Gedanke bei allen Nachbarn, Freunden und Verwandten, mit denen Anton sprach.

Mittags am 1. Weihnachtstag erschütterten Detonationen von Luftangriffen die Grube. „Wie gut, dass wir dem Weihnachtsfrieden nicht vertraut haben", bemerkte Anton. Seine Frau nickte. „Hoffentlich ist Herbert nichts passiert. Sobald das Bombardement beendet ist, sehe ich nach ihm."

Erschüttert stand er eine Stunde später am Bahnhof. Wo gestern noch das Postamt gestanden hatte, erkannte er eine rauchende Ruine. Alle Fenster waren gesprungen, die Treppe zur Eingangstür fehlte. An Wohnen und Arbeiten war in diesem Gebäude nicht mehr zu denken. Eilig rannte er auf sein Zuhause, seinen Arbeitsplatz zu und suchte nach seinem Freund. Keine Spur! Traurig machte er sich auf den Rückweg zum Bergwerk.

Rudi jubelte. „Vater, was hast du uns heute von zu Hause mitgebracht?", fragte er. Sein Lächeln erlosch, als er Antons Gesichtsausdruck sah. „Kind, wir haben kein Zuhause mehr. Die Bomben – alles ist zerstört." Er seufzte schwer. „Und von Herbert ist keine Spur zu finden."

„Wie auch?", fragte eine vertraute Stimme hinter ihm. „Ich bin doch hier!" Anton fuhr herum. Da stand Herbert mit weit geöffneten Armen vor ihm, seine Augen füllten sich ebenso mit Tränen wie die seines Freundes.

„Gestern Abend habe ich noch lange in deinem Weihnachtsgeschenk geblättert. Ich kann dir gar nicht sagen, wie dankbar ich dir für dieses Buch bin. Am meisten beeindruckt hat mich das Gedicht ‚Ernste Stunde'. Es handelt von einem einsamen Menschen, der sich jedes Weinen, jedes Lachen, jedes Gehen und jeden Tod in der Welt zu eigen macht. Das passte zu gut zu meiner Situation. Ich wollte alles Elend dieser Welt allein tragen und habe gar nicht gemerkt, wie sehr ich andere damit vor den Kopf stoße, besonders dich, mein Freund!" Er umarmte Anton erneut. „Also habe ich mich heute Vormittag auf den Weg zu dir gemacht, als ich über den Fernsprecher Nachricht von neuen Fliegerangriffen erhielt. Erst jetzt habe ich euch in diesem verzweigten Stollensystem finden können."

So rettete Rainer Maria Rilke im Winter 1944 einem Mann das Leben.

✳ ✳ ✳

Lustiges Baumschmücken

„Endlich wird's wieder Weihnachten!", rief Maria, als sie aus dem Auto sprang und den Klingelknopf drückte.

„Hey, Vorsicht, knall die Tür nicht so, das ist doch kein Panzer!" stöhnte Günter. Seinen Opel Monza hatte er ganz neu, er wurde gehegt und gepflegt. Gleich nach der Vorstellung auf der IAA im Herbst 1977 hatte er sich entschlossen, dieses flotte Coupé zu kaufen. Nach fast einem Jahr eisernen Sparens, einem kleinen Kredit und schier unerträglich langer Lieferzeit hatte er das Auto Anfang Dezember 1979 endlich sein Eigen nennen dürfen. Das gute Stück sollte unter gar keinen Umständen einen Kratzer bekommen. Es war daher selbstverständlich, dass es in seinem Heiligtümchen verboten war, zu essen und zu trinken. Seiner Frau Gertrud war nicht erlaubt mit dem Wagen zu fahren, das hatte er beim Kauf vor einem halben Jahr deutlich gemacht.

Sie nahm es locker. Zum einen fuhr sie viel lieber mit ihrem kleinen flinken VW Käfer und nannte den Monza gerne abfällig „Das Monster". Zum anderen war sie sehr geduldig und wusste, dass heute ihr großer Tag war.

Als Kurt die Tür öffnete, stürzten Carmen und Inge sofort auf ihre Freundin Maria zu. „Endlich wird's wieder Weihnachten!", rief diese erneut. „Ja, endlich!", stimmten ihr die beiden Mädchen zu. „Kommt doch erst einmal alle herein, wir müssen ja erst in einer halben Stunde zur Weihnachtsmette starten", bat Helga die Gäste ins Haus. Wie jeden Heiligabend trafen sich die beiden Familien, um in Alendorf gemeinsam zur Christmette zu gehen.

Die alte Kirche von 1494 einsam auf dem Berg oberhalb des Dorfes war eben etwas ganz Besonderes, das passte zur Geburt Jesu.

Helga gab jedem eine Tasse mit dampfendem Kaffee oder Kakao in die Hand und schob ihre Gäste in den Flur Richtung Wohnzimmer. „Hier in der Küche ist es zu eng für sieben Leute, lasst es uns noch ein paar Minuten gemütlich machen, bevor wir losmüssen", sagte sie. Als sie das Wohnzimmer betraten, schauten Günter und Gertrud in die Ecke, wo immer der Weihnachtbaum stand. Beide seufzten–- offenbar aus unterschiedlichen Gründen. Auf Gertruds Stirn zeigte sich kurz eine Zornesfalte, während sich Günters Gesichtszüge vollkommen entspannten.

Noch bevor die Tassen geleert waren, ergriff Kurt das Wort: „Was haltet ihr davon, wenn nur die Frauen und Mädchen in die Mette gehen. Ich habe es mal wieder nicht rechtzeitig geschafft, den Weihnachtsbaum zu schmücken. Dabei könnte mir Günter doch prima helfen."

Die Frauen warfen sich vielsagende Blicke zu. Helga murmelte leise: „Alle Jahre wieder." Gertrud drehte sich weg, damit keiner sah, dass sie nur mit Mühe ein Lachen unterdrückte. Guter Laune hüpften die drei Mädchen neben ihren Müttern her. Sie freuten sich auf das Krippenspiel. Die Mütter genossen den kurzen Spaziergang in der kalten Winterluft. Traditionell mieden sie auf dem Hinweg die Alendorfstraße. Stattdessen nahmen sie den Wanderweg neben dem Odenbach und bogen kurz vor der alten Mühle links ab. Ein Pfad führte nun hinauf zum Kalvarienberg. Zwischen den Wacholderbüschen und Kiefern fühlten sie sich dem Schauplatz der Weihnachtsgeschichte gleich viel näher. Selbst mitten im Winter gaben diese Gehölze der Landschaft ein mediterranes Flair. Oben an der Kreuzigungsgruppe machten sie

❄ ❄ ❄

eine kurze Verschnaufpause und genossen die Aussicht ins Tal nach Alendorf und hinüber zur Kirche. Dann rannten die Mädchen johlend den Berg hinab von einer Kreuzwegstation zur nächsten. Jede wollte die Erste an der Straße sein. Sie hatten versprochen, dort auf die Mütter zu warten.

Währenddessen holte Kurt den Karton mit Weihnachtskugeln, zwei Gläser und eine Flasche Gin ins Wohnzimmer. „Hier, Günter, probier mal! Dieser Gin aus der Eifel-Destillerie Schütz ist der beste, den wir jemals getrunken haben", sagte er und goss die Gläser voll. „Wenn du ihn langsam auf der Zunge zergehen lässt, kannst du jede einzelne Kartoffel und jede einzelne Wacholderbeere herausschmecken."

Nun folgte das übliche Ritual der beiden Freunde. Jede aufgehängte Christbaumkugel wurde mit einem Glas Gin begossen. Als alle Kugeln am Baum hingen, waren Kurt und Günter bester Stimmung. Das wunderte Helga und Gertrud nicht. Ziemlich genau den gleichen Ablauf hatten sie schon in den Vorjahren erlebt. Helga fragte sich lediglich, warum Gertrud dieses Jahr gar nicht so sauer war, wie in den Jahren zuvor.

Als Gertrud und Günter sich verabschiedeten, um nach Hause ins benachbarte Ripsdorf zu fahren, legte Günter mit hängendem Kopf seinen Autoschlüssel in die schon geöffnete Hand seiner herzhaft lachenden Frau. Sosehr er seinen neuen Monza liebte – betrunken fuhr er niemals Auto!

Das Kind in der Krippe

Christoph und Achim machten es sich auf der Rettungs-wache Bitburg bequem. Es war Heiligabend 2012, in der Tagschicht war nach ihrer Erfahrung nicht viel zu tun. Die unangenehmen Einsätze wegen häuslicher Gewalt oder Sui-zidversuchen geschahen eher in der Weihnachtsnacht selbst und bis dahin würden ihre Kollegen sie schon abgelöst ha-ben. Da Christoph und Achim Kinder hatten, durften sie zur Bescherung nach Hause und die kinderlosen Kollegen über-nahmen den Dienst.

In der Tat blieb es relativ ruhig. Einen Mann mussten sie versorgen und transportieren, der bei dem Versuch, die Nordmanntanne am Stamm zu behauen, damit sie in den Weihnachtsbaumständer passt, mit dem Beil sein Bein statt den Baum getroffen hatte. Und da war die alte Dame, die mit einer großen Kiste Christbaumschmuck die Treppe he-runtergestürzt war. Ansonsten war es ein vergleichsweise ruhiger Dienst. So lagen die beiden Rettungsassistenten ge-mütlich mit hochlegten Füßen in ihrem Aufenthaltsraum, schauten Videos und aßen Weihnachtsplätzchen, als die Leitstelle einen neuen Einsatz durchgab. „Neugeborenes in der Krippe, Pfarrkirche Waxweiler", war das Einsatzstich-wort.

Christoph lachte laut los. „Hey, Achim, die wollen uns ver-äppeln!", sagte er. „Natürlich liegt ein Baby in der Krippe, es ist doch Heiligabend!" Achim stimmte zu. „Bestimmt hast du recht. Wir fahren trotzdem hin. Wer weiß, wer von unseren Kollegen sich eine nette Überraschung für uns ausgedacht hat. Mal sehen, ob du die Strecke unter 20 Minuten schaffst, das Navi gibt 27 Minuten vor, aber wir fahren ja mit Sonderrechten."

Nach 18 Minuten sahen sie den Kirchturm von Waxweiler. „Mensch, die machen das prima, wirkt wie ein echter Notfall, super", lachte Achim, als ihnen an der Kirche zwei aufgeregte ältere Frauen entgegenrannten. „Die könnten wir gut bei unserer nächsten Rettungsdienstübung brauchen!"

Die beiden Rettungsdienstler spielten mit und liefen eilig mit dem Babynotfallkoffer in die Kirche. Schon von Weitem winkte sie der sichtlich gestresste Pastor herbei. Achims Schreck hätte nicht größer sein können: In der Krippe lag ein echtes Baby inmitten der fast 100 Jahre alten Krippenfiguren, genau neben Hirtenhund, Ochs und Esel.

„Wie gut, dass Sie endlich da sind." Die Stimme des Pastors überschlug sich mehrfach vor Aufregung. „Die beiden Damen wollten die Christmette vorbereiten und fanden das Kind in der Krippe. Die Frauen haben mich sofort gerufen und ich habe Sie alarmiert. Wir haben es aber nicht berührt, denn es schläft ja so friedlich. Haben wir alles richtig gemacht? Ich kenne mich mit Kindern nicht aus."

Achim legte die Hand auf den Arm des Geistlichen. „Herr Pastor", sagte er in beruhigendem Ton, „Sie drei haben alles richtig gemacht." Inzwischen war die Notärztin eingetroffen. Mit geübten Griffen untersuchte sie das Kind, das in ein hellblaues Saunahandtuch eingewickelt war. Als sie das Tuch öffneten, sahen sie, dass es sich um einen kleinen Junge handelte, dessen Nabelschnur noch nicht abgetrennt war. „Oh, Jesus!", entfuhr es dem Herrn Pastor. – „Ein passender Name für dieses kleine Kerlchen", bestätigte Christoph. – „Kerngesund", diagnostizierte die Ärztin, „wir nehmen es mit in die Klinik, damit es angemessen versorgt werden kann."

❄ ❄ ❄

Das Baby schaut noch skeptisch auf die Krippe und den Weihnachtsbaum, alles ist fremd.

Auf dem Weg zur Klinik hielten sich die aufgewühlten Rettungsassistenten nicht an die vorgeschriebene Funkdisziplin. Sie berichteten von ihrem Fund und diskutierten mit den Kollegen in der Leitstelle und in den anderen Einsatzfahrzeugen von Rettungsdienst und Feuerwehr, wie das Neugeborene wohl in die Krippe gelangt sein könnte und wie es mit ihrem „Jesuskindchen" weitergehen sollte.

Als sie nach Schichtende zu ihren Familien fuhren, war das Kind in der Krippe das Hauptthema. Achims Sohn Timo vergaß vor lauter Aufregung fast, die Geschenke auszupacken und bestand darauf, „Papas Jesuskindchen" am 1. Weihnachtstag in der Klinik zu besuchen. So geschah es.

Im Krankenhaus erfuhren sie, dass inzwischen die Mutter des Neugeborenen gefunden worden war. Sie war allein mit ihrer sechsjährigen Tochter gewesen, als die Wehen unerwartet kräftig begannen. Nach wenigen Minuten war die Sturzgeburt beendet und die Mutter so sehr geschwächt, dass sie kurz einschlief. In ihrer großen Not hatte die Tochter vergessen, den Vater anzurufen, sich den kleinen Bruder geschnappt und in die Krippe getragen, weil sie ja wusste, dass dies zu Weihnachten ein guter Ort für ein Neugeborenes ist. Schnell rannte sie zurück zur Mama, um ihr wieder zu helfen. Bestimmt würden bald Hirten, Engel oder Könige kommen, um sich um das Baby zu kümmern. Und es stimmte ja irgendwie. Die Engel kamen zwar nicht aus dem Himmel, wie vor zwei Jahrtausenden, aber aus der Pfarrgemeinde und von der Rettungswache.

❄ ❄ ❄

Christkinds Rückflug

Trostlose Tage standen Astrid bevor. Bald war Weihnachten und sie würde dies wohl allein feiern müssen wie eine Woche später das Ende des Jahres 2008. Schon wieder war eine Beziehung in die Brüche gegangen, die mit dem Gefühl begonnen hatte, dieses Mal endlich den Traummann gefunden zu haben. Ein Paar mag sich noch so gut verstehen, an einem unerfüllten Kinderwunsch kann die Beziehung leicht zerbrechen.

Wie freute sie sich, als ausgerechnet die neue Frau ihres Exmannes sie einlud, am Heiligabend gemeinsam in die Christmette zu gehen und Eintopf zu essen. Die Ehe mit Jürgen lag lange zurück, er war nach der Scheidung zu einem guten Freund geworden und nunmehr das dritte Mal verheiratet. Eine Ehe ohne Kinder war damals für ihn vollkommen unvorstellbar gewesen. Für alle seine inzwischen fünf Kinder war sie die Patentante und der Not-Babysitter. Astrid konnte nicht schwanger werden und freute sich über die Zeit mit den Kindern. Wie schön, dass Astrid zumindest für kurze Zeit eine Art Mutterglück verspüren konnte.

Pünktlich nachmittags um drei klingelte sie an dem festlich dekorierten Bruchsteinhaus am nördlichen Ende von Weyer. Das ging nur mit dem Knie, denn die Arme waren beladen mit kleinen Gaben für Andrea, Jürgen, deren vierjährige Tochter Lena, das Baby Torben und den Berner Sennenhund Krümel. Lena riss die Tür auf und noch ehe einer der Erwachsenen reagieren konnte, hatte Krümel sich an Lena vorbeigedrängt und sich wedelnd auf den Neuankömmling gestürzt. Seine gute Nase hatte sich trotz Plastiktüte und Geschenkpapier sofort den Markknochen entdeckt, den Astrid ihm als Geschenk zugedacht hatte.

Krümel musste das Haus hüten, während die Menschen zur Christmette nach Sankt Cyriakus spazierten. Die drei Erwachsenen sprachen über Vergangenes und Zukünftiges, aber auch über aktuelle Probleme des Alltags. Jürgen als Feuerwehrmann regte sich fürchterlich über Kong-Ming-Laternen auf. „Wunschlaternen" wurden diese immer beliebter werdenden chinesischen Lampions von denjenigen genannt, die sie steigen ließen. Feuerwehrleute nannten sie „fliegende Brandbomben", weil sie wegen ihrer offenen Flamme ständig Ursache für Verbrennungsverletzungen und Waldbrände sind. Ihm graute schon vor der Silvesternacht, wenn sie wieder allerorts angezündet würden.

Als sie zurück waren, ging Andrea in die Küche, um den Grünkohl mit Kartoffeln und Mettwurst aufzuwärmen, den sie mittags vorgekocht hatte. Krümel musste Gassi geführt werden, das übernahmen Astrid und Lena. Unter dem Vorwand, Andrea helfen zu müssen, blieb Jürgen zu Hause, um die Bescherung vorzubereiten. Er wollte eine SMS schicken, sobald die Bescherung beginnen konnte.

Astrid lief guter Laune mit dem Hund und dem Kind durch die stillen Straßen des Ortes. Überall waren Weihnachtsbäume in festlich beleuchteten Wohnzimmern zu sehen. Nach einer halben Stunde wurde Lena müde und wollte nach Hause. Wo blieb nur die SMS? Sie waren jede Straße schon dreimal gegangen, einmal sogar die Hauptstraße bis zur Kakushöhle, so lange konnte es doch nicht dauern! Endlich. Das Mobiltelefon klingelte kurz. Lena drehte sich zu Astrid und fragte: „Was hat da gebimmelt?"

Bevor Astrid antworten konnte, bemerkte sie im Augenwinkel eine Bewegung und fuhr herum. Eine dieser Wunschla-

✳ ✳ ✳

ternen war ein paar Häuser weiter aufgestiegen. Geistesge-
genwärtig rief sie: „Lena, da oben fliegt das Christkind weg.
Hast du das leise Bimmeln gehört?" Lena nickte strahlend.
„Dann lass uns schnell zurückgehen und nachsehen, was das
Christkind uns gebracht hat!"

Wie strahlten Lenas Augen beim Anblick der Geschenke
unter dem Weihnachtsbaum. Ihre Eltern erlaubten ihr, ein
erstes Geschenk auszupacken, während die Erwachsenen
sich den „Jröhne Kühl ungerei" schmecken ließen. Lena
hatte es nämlich vor Aufregung glatt den Appetit verschlagen. So konnte Astrid in Ruhe von der Begegnung mit dem
Christkind erzählen und erfuhr den Grund der späten SMS.
Beim Wickeln gab es ein Unglück, sodass Jürgen erst einmal Torben und sich komplett umziehen musste, bevor er
die Geschenke unter den Baum legen konnte. Als er dann
die SMS endlich absetzen konnte, waren Astrid und Lena
wohl in einem Funkloch, denn rund um die Kakushöhle war
der Empfang in allen Mobilnetzen sehr schlecht. Die Felsen
der Kartsteinhöhe, in der sich die Kakushöhle mit ihren Ne-
benhöhlen befand, schatteten die Signale oft ab, selbst wenn
man die Höhlen gar nicht betrat.

Jürgen hat seine Einstellung zu Wunschlaternen nicht geän-
dert und war froh über deren Verbot im Folgejahr. Doch eine
Einzelne wird er nie vergessen, immerhin gehörte sie dem
Christkind.

Das fünfte Lichtlein

Lachend hüpfte Merle neben ihrer Mutter Doris auf und ab. Sie waren auf dem Heimweg vom Kindergarten und sie berichtete ganz stolz, dass sie ein Adventsgedicht gelernt hatte. „Mama, hör mal!", rief sie,

„Advent, Advent,
Ein Lichtlein brennt!
Erst eins, dann zwei, dann drei, dann vier,
Dann steht das Christkind vor der Tür.
Und wenn das fünfte Lichtlein brennt,
Dann haste Weihnachten verpennt."

Sie kicherte bis sie zu Hause ankamen und sagte das Gedicht immer wieder auf. „Das ist bestimmt das bekannteste Weihnachtsgedicht im deutschen Sprachraum", brummte ihr Vater hinter der Zeitung hervor. „Das habe ich als Kind auch schon gekannt und meine Mutter auch."

Als Doris ihrer Mutter am Telefon davon erzählte, lachte diese los: „Ja, den Spruch kenne ich. Und weißt du was? Uns ist das wirklich mal passiert, als du im ersten Schuljahr warst. Kannst du dich nicht mehr erinnern?"

„Nein", antwortete Doris, „wie kam das denn?"

„Du weißt doch, dass meine Eltern damals den Lebensmittelladen in Wallenborn hatten und ich ihnen bei Hochbetrieb geholfen habe, oder?"

„Ja", erinnerte sich Doris. „Vor Weihnachten duftete es herrlich nach Weihnachtsgewürzen und ich durfte so viel Plätzchen, Stollen und Zimtsterne essen, wie ich wollte. Der

Laden war schräg gegenüber vom Brubbel und hieß Brubbel-Krämerei."

„Du weißt sogar noch den Namen!"

„Das lässt sich doch gut merken. Bis heute liebe ich den Brubbel, den Wallenden Born, in Wallenborn. Merle ist immer ganz aus dem Häuschen, wenn das Wasser plötzlich aus dem Boden brodelt und eine hohe Fontäne bildet", erzählte Doris. „Wusstest du, dass der Brubbel seit letztem Jahr eingezäunt ist und man Eintritt zahlen muss, um ein Naturereignis anzusehen?"

„Frechheit!", regte sich nun ihre Mutter auf. „Hat aber bestimmt seine Gründe. Doch eigentlich wollte ich dir vom fünften Lichtlein erzählen: In dem einen Jahr war im Laden so viel zu tun. Wir hatten nicht einmal an den Sonntagen Zeit zum Ausspannen. Wir mussten ja die Regale auffüllen, neue Bestellungen machen und die Buchhaltung erledigen. Selbst an Heiligabend ging es bis tief in die Nacht, denn die Leute kauften, als würden die Läden nie mehr öffnen. Heiligabend war ein Donnerstag, die Weihnachtstage fielen auf Freitag und Samstag, es folgte ein Sonntag. Damals, in den 1960er-Jahren, gab es ja noch keine Regelung mit verkaufsoffenen Sonntagen, also war der Laden dreieinhalb Tage geschlossen."

„Stimmt", fiel es Doris wieder ein. „Ich war ganz stolz, dass ich von den Erwachsenen wirklich gebraucht wurde. Die Regale habe immer ich eingeräumt. Und Opa freute sich so sehr, wenn ich mit einer frischen Tasse Kaffee zu ihm ins Büro kam."

Ihre Mutter seufzte. „Als wir in der Heiligen Nacht endlich nach Hause kamen, schliefen wir ein, bevor wir die Schlafanzüge anziehen konnten. Wir waren vollkommen erledigt und hundemüde. Erst am frühen Nachmittag sind wir am ersten Weihnachtstag wach geworden, hatten aber gar keine

Lust auf Weihnachten. Oma und Opa ging es genauso. Also vereinbarten wir, die eigentlichen Feiertage einfach faul im Bett und auf dem Sofa zu verbringen und uns erst am Sonntag zur Bescherung zu treffen."

„So lange konnte ich mich damals gedulden?", fragte Doris.

„Konntest du!", antwortete die Mutter. „Von dir kam sogar die Idee, am Sonntag nach Weihnachten zu feiern. Du warst so traurig, dass wir kein einziges Mal die Kerzen am Adventskranz angezündet hatten. Also schlugst du vor, einfach noch eine Kerze in die Mitte zu stellen und den fünften Advent zu feiern. Und Opa hat dich sogar gelobt, weil du die Zahlen so gut konntest. So hatten wir einen fünften Advent am dritten Weihnachtsfeiertag und Weihnachten verpennt."

Die bunten Teller

Die kleine Irmgard freute sich sehr auf die Weihnachtstage. Mit ihrem vor einigen Wochen aus russischer Kriegsgefangenschaft zurückgekehrten Vater und ihren Brüdern Jakob und Hermann war sie morgens lange in den Wäldern der Schönecker Schweiz unterwegs gewesen, um Moos für die Weihnachtskrippe zu finden. Die Kinder liebten die Schönecker Schweiz. Sie liebten den Duft von „Waldknoblauch", so nannten sie den Bärlauch, der in den Auenwäldern im Sommerhalbjahr in großen Kolonien wuchs. Die Mutter und die Großmutter nahmen sie manchmal im Frühjahr vor der Blütezeit mit, um die Blätter zu pflücken. Sie schätzten die heilsame Wirkung für die Verdauung und das Herz, vor Allem aber kochten sie damit köstliche Bärlauchsuppe, auch Rührei schmeckte mit Bärlauch gleich doppelt so gut.

Leider durften sie allein dort nicht hingehen und die Mutter hatte während der langen Abwesenheit des Vaters im und nach dem Krieg keine Zeit für solche Ausflüge gehabt. Umso größer war die Freude, als sie nun gemeinsam losziehen konnten.

Wieder einmal hatten sich die Kinder gewundert, warum der Altburgbach einfach so im Boden verschwindet und wie durch Hexerei erst einige Hundert Meter weiter irgendwo wieder auftaucht. Irmgard lachte über den „Verschwindbach", dann wurde sie sofort von Jakob korrigiert: „Das heißt Schwindbach!" und Papa musste erneut erklären, dass sich unter dem Waldboden sehr wasserdurchlässiges Kalkgestein befindet, das zum Teil so ausgehöhlt ist, dass der Bach eine Weile unterirdisch weiterfließt.

Am Ende ihres Sammelausflugs hatte sie ganz unterschiedliche Moosstücke in ihrem Korb: große und kleine, flache und hohe, helle und dunkle. Ein ganz besonders weiches, sattgrünes Stück zeigte sie ihrem Vater: „Schau, das ist genau das richtige Moos, um das Jesuskindchen daraufzubetten." Der Vater gab ihr recht, es war wirklich ausgesucht schön. Das Stück war in etwa doppelt so groß wie eine Schachtel Welthölzer, passte also perfekt in die Krippe.

Als sie mit ihren Fundstücken nach Hause kamen, hatte die Mutter den Tisch in der guten Stube eingedeckt und es duftete köstlich nach Braten, der für das eigentliche Weihnachtsessen vorbereitet wurde.

Irmgard durfte ihr Lieblingsstück in die Krippe legen, die restlichen Moosstücke wurden im Stall bei Ochs und Esel, neben der Krippe und auf dem Krippendach verteilt. Ganz oben in die Spitze des Tannenbaums wurde ein kleines Glöckchen gehängt. Dann wurde die gute Stube abgeschlossen. Das Christkind sollte dort ungestört sein.

Der Heilige Abend verlief harmonisch. Die Oma war aus dem Nachbarhaus gekommen. Weihnachten verbrachte sie immer bei ihrer Familie. Wie gut, dass die Mutter in den letzten Wochen ordentlich gewirtschaftet hatte, dass sie für den Döppekooche nicht nur reichlich Kartoffeln, Eier und Zwiebeln hatte, sondern jeder in seiner Portion auch Speck und Wurst fand. Selbst ohne diese Fleischeinlage wäre Mutters Döppekooche köstlich gewesen. Das lag an ihrem besonderen Rezept. Sie rieb die Kartoffeln und Zwiebeln immer zur Hälfte grob und zur Hälfte ganz fein, bevor sie sie mit Eiern, Gewürzen vermengte und in der tiefen Pfanne in die Bratröhre schob. Oma, die sonst auf der Tradition des strikt fleischlosen Heiligabends bestand, konnte der köstlichen Fleischeinlage einfach nicht widerstehen.

Kurz nachdem sich die Mutter vom Tisch verabschiedet hatte – angeblich zum Händewaschen – klingelte in der guten Stube ganz leise das Weihnachtsglöckchen. Die Kinder jubelten. Das Christkind hatte beim Wegfliegen das Glöckchen berührt. Jetzt lagen bestimmt die Weihnachtsgaben schon unter dem Baum.

Bei der Bescherung teilte die Mutter jedem einen bunten Teller zu, auf dem genau das Gleiche zu finden war: Ein Apfel, eine Apfelsine, fünf Haselnüsse, fünf Mandeln, drei Walnüsse, zwei Lebkuchen, drei Spekulatius, zwei Fondantkringel und ein Schokoladenkränzchen mit vielen kleinen Zuckerperlen. Alle waren vom Abendessen so satt, dass sie noch nicht naschen wollten und die Köstlichkeiten lieber verwahrten.

Nach der Feier ging die Großmutter hinaus, um allen Tieren die Wassernäpfe abzunehmen. Einer alten Eifeler Überlieferung nach soll man dem Vieh am Weihnachtsabend nichts zu saufen geben, denn in dieser Nacht gibt es eine Minute,

✳ ✳ ✳

in der sich alles Wasser zu Wein verwandelt, zu Ehren der Geburt des Herrn.

Währenddessen stellte der Vater die sechs Teller unter den Wohnzimmertisch. Die Köstlichkeiten verschwanden hinter der großen Tischdecke, die bis auf den Boden hing. Es war nämlich ein alter Bürotisch, dem der Vater die Beine abgesägt hatte, sodass er genau die richtige Höhe für das Wohnzimmer hatte. Vergessen hatte Irmgard die Teller aber am nächsten Morgen nicht. Wenn sie in die Stube kam, schaute sie sich um, ob auch keiner in der Nähe war. Ein schneller Griff und schon fehlte auf Omas Teller die Schokolade oder auf Papas Teller ein Lebkuchen. Sie konnte einfach nicht widerstehen.

Beim Mittagessen jammerte ihr jüngerer Bruder Hermann. Er sollte das Tischgebet aufsagen, weigerte sich aber. „Nur Erwachsene kommen auf die Schnapsidee, für so etwas ekeliges wie Rotkohl auch noch ‚Danke' zu sagen. Ich mag den nicht, also sag ich auch nicht ‚Danke' dafür." Aufsässige Kinder konnte der Vater gar nicht leiden und schickte Hermann auf sein Zimmer. Der motzte herum: „Ich habe überhaupt keinen Hunger!" und schlug die Tür hinter sich zu. Vater sprang auf und wollte ihm hinterher, doch die Mutter hielt ihn am Arm zurück. „Es ist doch Weihnachten, denk an den Weihnachtsfrieden!", beschwichtigte sie ihn.

Hermann kam den ganzen Nachmittag nicht aus seinem Zimmer. Als sich die Familie mit Ersatzkaffee um den Wohnzimmertisch setzte und jeder seinen bunten Teller vor sich hinstellte, gab es lange Gesichter. Auf allen Tellern fehlten ein bis zwei Teile. Sofort hatte der Vater einen Verdacht: „Deshalb hatte der Junge heute Mittag keinen Hunger!", stellte er fest. „Na warte, den schnappe ich mir."

Irmgard zögerte keine Sekunde. „Nein, ich war's!", entfuhr es ihr. So gerne sie selbst unerkannt geblieben wäre, ihr Brüderchen liebte sie sehr. Keinesfalls durfte er für etwas bestraft werden, das er gar nicht getan hatte. Erstaunlicherweise bekam sie auch keine Dresche vom Vater, sondern ein Lob dafür, dass sie ehrlich war und ihren Bruder schützte. „Solche Kinder machen mir Freude", sagte er, „in der Familie muss man zusammenhalten." Dieses Lob ließ das Mädchen über das ganze Gesicht strahlen.

Ihnen, liebe Leserinnen und Leser, wird unser Döppekooche bestimmt gut schmecken. Das Originalrezept ist für 10 Portionen, diese Abwandlung für 3-4 Personen:

Original:	Kleinfamilienportion:
5 kg Kartoffeln	2 kg Kartoffeln
8 Zwiebeln	3 Zwiebeln
(8 Mettwürstchen)	(3-4 Mettwürstchen)
(250 g durchwachsener Speck)	(100 g durchwachsener Speck)
5 Eier	2 Eier
3 EL Mehl	1 EL Mehl
3 EL Salz*	1 EL Salz*
½ EL Muskat	½ TL Muskat
Pfeffer	Pfeffer
4 EL Öl	2 EL Öl

Backofen auf 220°C Umluft vorheizen.

Kartoffeln schälen, waschen und reiben. Geriebene Kartoffeln ausdrücken. Das ausgetretene Kartoffelwasser stehen lassen und bis auf den Bodensatz an Stärke abschütten, diese kommt wieder zurück in den Teig. Zwiebeln schälen und reiben. Mettwürste in Scheiben schneiden, Speck würfeln.

Kartoffeln, Zwiebeln, Eier, Mehl, Salz (wenn Wurst und Speck verwendet werden, lieber nur die Hälfte der angegebenen Menge Salz), Pfeffer und Muskat in eine große Schüssel geben und gründlich vermengen. Den Boden und die Seiten eines großen Bräters mit Öl bedecken. Die Wurstscheiben und den Speck zum Kartoffelteig geben und untermengen.

Den Kartoffelteig mit einer Kloßkelle in den Bräter geben und ohne Deckel im vorgeheizten Backofen ca. 2 Stunden (Kleinfamilienportion 1,5 Stunden) braten. Nachdem sich, je nach Vorliebe, eine schöne Kruste gebildet hat, den Deckel auflegen und die Hitze auf 190°C reduzieren.

Matronensegen

Traurig trat Marita ihren Heimweg an. Die Schneegraupel ließen sie frösteln und sie zog die Schultern hoch. Sie hatte ihre Eltern am anderen Ende von Nettersheim besucht und ihnen ihre Weihnachtsgeschenke gegeben. Seit die Kinder aus dem Haus waren, freuten sich ihre Eltern darüber, den Heiligabend ohne jeden Zwang einfach zu zweit verbringen zu können.

Wie immer hatte ihr Vater gefragt, wann er denn endlich Opa würde. Er wusste, dass Marita gerne viele Kinder hätte und wunderte sich eben, dass sich nach mehr als vier Jahren Ehe mit Klaus noch kein Enkelchen eingestellt hatte. Die Nachfragen waren liebevoll gemeint, trotzdem spürte Marita jedes Mal einen heftigen Schmerz. Sie wartete ja selbst Monat für Monat vergeblich auf die Erfüllung ihres größten Wunsches.

Weihnachtsgaben an die aufanischen Mutter-göttinnen: Einer der Matronensteine im Tempelbezirk Görresberg bei Nettersheim.

Medizinisch gab es weder bei Marita noch bei Klaus einen erkennbaren Grund. Das hatten diverse Untersuchungen im Laufe des vergangenen Jahres ergeben. Dennoch blieb in ihrem Häuschen weiterhin der als Kinderzimmer geplante Raum ungenutzt.

Gedankenverloren wanderte Marita am Naturschutzzentrum die Urft entlang und am Wohnmobilstellplatz vorbei. Brrr, die Niederländer sind ja bei jedem Wetter unterwegs. Selbst jetzt, mitten im Winter, standen dort vier Fahrzeuge mit gelben Kennzeichen. Ohne es bewusst entschieden zu haben, steuerte Marita auf das Matronenheiligtum Görresberg zu. Es ging leicht bergauf, sodass sie zwar nicht aus der Puste kam, aber auch nicht mehr fröstelte.

Das ganze Jahr über legten die Einheimischen und Touristen kleine Gaben an die Matronensteine in dem römischen Tempelbezirk. Matronen waren für sie nicht einfach die dicken, herrschsüchtigen Frauen, wie man sie landläufig zu kennen glaubt. Die meisten hatten vergessen, dass Matronen die Fruchtbarkeitsgöttinnen der Römer waren. Sie wurden verehrt und um gute Ernten oder zahlreichen Nachwuchs bei Vieh und Mensch gebeten. Mit denselben Wünschen legen noch heute viele viele Besucher Obst, Blumen, Getreide oder andere Geschenke an den Matronensteinen ab.

Marita trat auf einen der Matronensteine zu. In der hereinbrechenden Dämmerung war ihr aufgefallen, dass von den drei Kerzen, die vor den Stein gestellt worden waren, nur die

✳ ✳ ✳

beiden äußeren brannten. Zum aufanischen Matronenkult gehörten aber drei Frauen, die die Lebensphasen einer Frau symbolisierten: Jugend, Mutterschaft und Alter. Daher waren drei sitzende Frauen nebeneinander in die Steine geschlagen worden. Marita suchte in den Tiefen ihrer Handtasche nach dem Päckchen Streichhölzer, das sie sich beim letzten Restaurantbesuch mitgenommen hatte. Sie wurde fündig und zündete die mittlere Kerze erneut an.

Gemeinsam mit ihrem Klaus verbrachte sie entspannte Feiertage. Sie genoss an den paar Arbeitstagen über den Jahreswechsel die Stille im Büro und die wenigen Anrufe, sodass alle vor Weihnachten liegen gebliebenen Arbeiten zügig erledigt waren.

Am 5. Januar fiel ihr auf, dass sie mit ihrem Zyklus aus dem Tritt gekommen war. Klaus fragte sofort: „Könnte es auch einen ganz speziellen Grund haben?" Sie wusste es nicht, hoffte aber darauf. Also ging sie sofort zur Apotheke und kaufte einen Schwangerschaftsschnelltest. Aber Achtung, der Test konnte nur mit Morgenurin durchgeführt werden. Also musste sie noch den ganzen Abend und die lange Nacht in Ungewissheit verbringen.

Schon um 5 Uhr morgens war sie hellwach. Spannung und Neugier trieben sie aus dem Bett ins Bad. Die drei Minuten Wartezeit bis zum sicheren Ergebnis kamen ihr vor wie Stunden. Sie stand hibbelnd am Waschbecken, während sie abwechselnd auf das Teststäbchen und die Uhr schaute. Der Prüfstreifen färbte sich schnell satt rosa und schon nach knapp zwei Minuten war ein feiner hellrosa Streifen daneben zu erkennen. Sofort schnappte sie sich den Test, hüpfte die Treppe hinab und wollte ins Auto springen. Lachend schlug sie sich vor die Stirn. Um diese Zeit dürfte noch niemand in der Praxis sein. Als das Telefon um halb acht endlich besetzt war, kündigte sie ihren Besuch an und saß keine Viertelstunde später im Wartezimmer ihres Gynäkologen. Der dort durchgeführte Test war ebenfalls positiv.

Ihr Frauenarzt wusste ja um ihren innigen Wunsch und freute sich mit ihr. Er fragte: „Wie haben Sie es denn nun doch geschafft? Besseres Timing als vorher? Mehr Glück als vorher? Oder was?" Marita schüttelte den Kopf und antwortete: „Ich habe zu Weihnachten den Nettersheimer Matronen eine Kerze angezündet."

Der vierte König

„Dieses Kind macht mich noch wahnsinnig!", stöhnte Peter. „Der Junge kann sich einfach keine Zahlen merken!"

Sein vierjähriger Sohn Alexander, ein dunkelblonder Lockenkopf, sprang die Treppe hinab und rief zum wiederholten Male: „Mama, gehen wir heute in die Kirche und schauen uns die vier Heiligen Drei Könige an?"

Seine Mutter Eva lachte. „Das ist das Alter, in dem sich falsche Ausdrücke im Kopf so festsetzen, dass man sie nicht mehr anders sagen kann." Sie stieß Peter kumpelhaft in die Seite. „Hat nicht grade erst Weihnachten deine Mutter davon erzählt, dass du immer ‚Strumpfsthose' statt Strumpfhose und ‚bankselieren' statt balancieren gesagt hast? Ich wollte von meiner Mutter ‚Nagelnack' auf die Nägel gestrichen bekommen und freute mich über meine erste ‚Sterero-Anlage'."

„Ja, du hast recht", erinnerte sich Peter. „Aber das ist ja etwas anderes. Das war nur eine falsche Aussprache. Aber

Bei einer Krippenwanderung gibt es viele Krippen zu entdecken, ganz unterschiedlich in der Ausführung, aber stets sehr liebevoll gestaltet.

hier ist es eine falsche Zahl und ich fürchte, der Junge meint, es seien wirklich vier Weise aus dem Morgenland gewesen."

Wie auch immer, sie wollten nachsehen, ob in der Krippe die Heiligen Könige aufgestellt worden waren. Der Pastor war in dieser Hinsicht sehr korrekt. Die Weihnachtskrippe wurde im Advent aufgestellt, war aber anfangs menschenleer. An Heiligabend wurde sie zumindest mit Maria und Josef bestückt. Das Jesuskindchen wurde erst in der Heiligen Nacht in die Futterkrippe gelegt und mit den Hirten und dem Erzengel Gabriel ergänzt. Die Heiligen Drei Könige komplettierten erst am 6. Januar das Ensemble.

Deshalb hatten sich Peter und Eva auch geärgert, dass im Programm der Eifelverein-Ortsgruppe die alljährliche Krippenwanderung schon auf den 5. Januar gelegt worden war, nur weil es ein Sonntag war. Aber die Volkshochschule war noch schlimmer. Dort hatte „Noh de Kreßdääch Kreppche en Kölle luure" sogar schon für den 29. Dezember im Programm gestanden. Da beide aber aus Familien stammten, in denen das Kreppcheluure fester Teil der Familientradition war, hatten sie an beiden Veranstaltungen teilgenommen. Peter konnte seinen Spott nicht zurückhalten: „Wenn ich mir

Krippen vor dem 6. Januar ansehen will, kann ich ja auch gleich im Sommer nach Losheim zur Ars Krippana fahren. Dann können wir danach wenigstens Eis essen gehen und müssen nicht auf vereisten Straßen Auto fahren." Alexander war beide Male sehr enttäuscht gewesen, dass in etlichen Kirchen noch gar keine Dreikönigsfiguren zu sehen waren, verstand aber den Grund, nachdem Eva es ihm erklärt hatte.

Umso neugieriger und aufgeregter war er heute. In der Kirche rannte Alexander vom Eingang sofort zur Krippe und rief: „Da sind ja die vier Heiligen Drei Könige!"

„Nein", antwortete der Pastor, der gemeinsam mit der Organistin hinzugetreten war. „Das sind nur drei Könige. Schau mal genau hin: Hier der Mann ist einer der Hirten. Ich stelle ihn besser woanders hin, damit es keine weiteren Verwechslungen gibt."

Inzwischen waren Peter und Eva an der Krippe angekommen. „Schon gut", sagte Eva, „Der Junge spricht immer von vier Königen. Das hat sich bei ihm irgendwie festgesetzt. Bitte entschuldigen Sie!"

„Ihr Junge liegt vielleicht gar nicht so falsch mit seiner Idee. Wer sagt denn, dass es wirklich nur drei Könige waren? In der Bibel steht keine Zahl. Ich bin in Lothringen aufgewachsen und habe als Kind eine Legende gehört, wonach Könige aus allen vier Himmelsrichtungen aufbrachen, um dem neugeborenen Jesus zu huldigen. Drei davon kamen rechtzeitig und gleichzeitig an der Krippe an: Caspar, Melchior und Balthasar, die sich aus dem Süden, dem Westen und dem Osten auf den Weg gemacht hatten."

Der Pastor schaute in die Runde. Alle schwiegen.

„Der Legende nach macht sich aber außerdem ein junger russischer König auf den weiten Weg nach Bethlehem, also aus dem Norden. Unterwegs erleidet er viele Schicksalsschläge, er bricht sich einen Arm, wird ausgeraubt, muss große Umwege laufen, kommt in Gefangenschaft. Erst nach über 30 Jahren kann er sein Ziel erreichen. Er ist gerade noch rechtzeitig im Heiligen Land, um die Kreuzigung und Wiederauferstehung zu erleben."

Peter ging auf seinen Sohn zu, reichte ihm die Hand und deutete eine Verbeugung an. Lachend sagte er: „Menschenskinder, ich muss mich bei dir entschuldigen. Ich habe so einen klugen Sohn, ich bin sehr stolz auf dich!" Dann nahm er Alexander in die Arme und küsste ihn.

Rauhnächte

Ausgerechnet in einen Landwirt hatte Silvie sich verliebt. Sie war eine typische Städterin, liebte das Nachtleben und ausgedehnte Shoppingtouren mit ihren Freundinnen. Aber wo die Liebe hinfällt ...

Kennengelernt hatten sie sich auf der Grünen Woche in Berlin. Sie war als Hostess an einem Messestand für die Verköstigung der geladenen Gäste zuständig. Sofort war ihr der stattliche Landwirt aufgefallen, der am Spezialitätenstand der Regionalmarke Eifel ruhig und fachkundig zu jedem Produkt beriet. Über Wildschweinsalami konnte er ebenso gut Auskunft geben, wie über Bier, Käse, Wein, Honig oder Edelbrände. Er selbst war Inhaber eines Biohofes mit Käserei ganz in der Nähe von Mayen, wie sie in ihren ersten Gesprächen herausfand. Auf den Namen Matthias war er zwar getauft worden, stellte sich aber als Mattes vor. So nannte ihn in der Eifel ohnehin jeder. Er war so anders als die Männer, die sie bislang kannte. Er war voller Energie, zupackend und lebensfroh. Jedes Produkt erklärte er so liebevoll und leidenschaftlich, dass sich die Bestellbücher schnell füllten. Aber auch zu vielen anderen Themen war er gut informiert. Sie hatten sich sofort ineinander verliebt und er hatte sie auf seinen Hof eingeladen.

In den Rauhnächten, den zwölf Nächten zwischen Weihnachten und Dreikönigstag, werde auf dem Hof ohnehin nicht gearbeitet, hatte er ihr erklärt. Das sei alter Volksglaube und seine Mutter lege großen Wert auf die Einhaltung aller Rauhnachtregeln. Ihm gefiel dieser Brauch, denn nur die allernötigsten Arbeiten durften verrichtet werden, das war fast wie Urlaub.

Weihnachten war leider vollkommen verregnet gewesen. Die Feiertage hatte sie bei Ihren Eltern in Münster verbracht, nun wollte sie die freien Tage bei Mattes verbringen. Auch auf seine Mutter freute sie sich schon. Sie mochte Menschen, die Traditionen pflegten und damit klare Werte vertraten. Mattes bot auf dem elterlichen Hof auch Ferienwohnungen an. Eine davon hatte er für Silvie und sich reserviert. Die anderen waren an Familien vermietet.

Nun befand sich Silvie in einer Situation, über die sie sich bei „Bauer sucht Frau" im Fernsehen vor Monaten noch herrlich amüsiert hatte: Mit Absatzschuhen, Kostümchen und lackierten Fingernägeln stöckelte sie durch den Matsch auf Mattes' Hof zu, weil ihr Smart for Two auf dem Wirtschaftsweg im Matsch stecken geblieben war. Sie hatte zwar Vollgas gegeben, damit den ohnehin schon sehr flachen Wagen aber nur noch tiefer in den aufgeweichten Boden manövriert.

Durchgefroren, nass und schmutzig kam sie auf dem Hof an. Mattes und seine Mutter begrüßten sie herzlich und zeigten ihr die Ferienwohnung. Dort nahm sie erst einmal genüss-

✳ ✳ ✳

lich ein Bad. Die schmutzige Kleidung stopfte sie in der gut ausgestatteten Küche in die Waschmaschine. Sie fand zwar kein Waschpulver, aber ein Waschgang mit klarem Wasser würde die schlimmsten Flecken herauswaschen. Sie drückte auf die Start-Taste, doch es geschah nichts. Wenn sie sich frisch gemacht hatte, wollte sie sich von Mattes die Maschine erklären lassen.

Erst einmal wurde sie zu einem Kräuterschnaps namens Eifelhexe eingeladen, im Anschluss gab es ein rustikales Abendbrot mit Wurzelbrot, Hirschschinken und Käse aus der hofeigenen Käserei. Silvie war so müde, dass sie nicht mehr an die Waschmaschine dachte. Am nächsten und übernächsten Tag auch nicht, weil Mattes ihr den Hof und das Umland zeigte. Der Hof lag zwischen Mayen und Monreal direkt am Jakobsweg, beide Orte mit ihren historischen Ortskernen und Burgen verzauberten sie. In Mayen kaufte sie sich Sportschuhe, nun konnte Mattes ihr die Jakobussäule auf der Höhe zeigen. Sie wanderten daran vorbei und am Trillbach entlang ins Tal des Elzbachs. Beim Anblick des matschigen Untergrundes fiel es ihr wieder ein.

„Mattes", sagte Silvie, „die Waschmaschine in der Ferienwohnung funktioniert nicht. Kannst du bitte danach sehen?"

„Nö", brummte er.

Silvie war wie vor den Kopf geschlagen. So wortkarg kannte sie ihn gar nicht. „Habe ich etwas Falsches gesagt?", fragte sie.

„Nö", war die Antwort.

Was war nur los mit ihm. Sie hakte sich unter und lachte. „Ach ja, du hattest ja gesagt, dass in den zwölf Nächten alle unnötigen Arbeiten unterbleiben müssen. Also auch das Reparieren von Waschmaschinen."

„Die ist nicht kaputt", sagte er nun, „die habe ich in allen Ferienwohnungen abgeklemmt. Das Waschen in den Rauhnächten bringt wirklich Unglück."

„Aha", sagte Silvie. Nun hatte es ihr die Sprache verschlagen.

„Liebes," sagte er nun und nahm sie in den Arm, „du musst wissen, dass ich eine Schwester habe. Linda hatte immer Streit mit meiner Mutter wegen der Rauhnächte. Sie war nicht abergläubisch. Daher wusch sie auch in den Zwölf Nächten die Wäsche der Familie und hängte sie auf die Leine. Meine Mutter war außer sich."

Silvie nickte. So schätzte sie die Bäuerin auch ein.

„Hier ging es nicht nur um verbotene Arbeit, die allgemeines Unglück bringen sollte. Linda forderte den Tod heraus. Denn in dieser Zeit verwandeln sich manche Menschen in Werwölfe und ziehen der Sage nach mit Dämonen in wilder Jagd durch die Luft. Wenn sie ein weißes Tuch auf der Leine entdecken, stehlen sie es, um es im kommenden Jahr als Leichtuch wieder zum Besitzer zurückzubringen." Er seufzte. „In dem Winter lag mein Vater ohnehin schon schwer krank zu Hause. Eine tückische Krankheit, abgekürzt ALS, ließ seine Muskeln schwinden. Als er zu Ostern die Gewalt über sein Sprachzentrum verlor, das Atmen schwerer fiel und er am Ende von seinen Leiden erlöst wurde, machte meine Mutter Linda größte Vorwürfe. Sie hatte nach Auffassung meiner Mutter seinen Tod verursacht, indem sie in den Rauhnächten neben anderen Sachen seine Laken gewaschen hatte. In ihrem Schmerz konnte sie nicht erkennen, dass dies der übliche Verlauf seiner Krankheit war."

Nun weinte Mattes und Silvie nahm ihn in den Arm. „Als Mutter merkte, wie sehr Linda unter ihren Vorwürfen litt und sich für ihren übersteigerten Aberglauben entschuldigen wollte, war es schon zu spät. Linda zog fort, ohne ihre Anschrift zu hinterlassen."

❄ ❄ ❄

Silvie weinte nun auch. Voller Mitgefühl für Mattes, Linda und deren Mutter sagte sie: „Im Grunde stimmt es. Durch die Krankheit wurde mehr Wäsche als sonst benötigt, sodass sich das Waschen nicht verschieben ließ. Das Wäscheaufhängen zwischen den Jahren nahm dir sogar Vater und Schwester, brachte also großes Unglück über die Familie. Ich werde meine Wäsche nicht waschen. Das Risiko sollten wir nicht eingehen. Sie stinkt bestimmt ohnehin schon und lässt sich ersetzen." Nun wusste Mattes, dass er die richtige Frau fürs Leben gefunden hatte. Äußerlich war sie zwar ein Stadtkind, aber sie hatte das Herz am rechten Fleck.

Besser ohne Rutsch

Seit ihrem Abitur 1982 am Eifel-Gymnasium hatten sich die Freunde nicht mehr gesehen. In den vergangenen sechs Jahren hatten sich ihre Lebenswege getrennt. Keiner wohnte mehr in Neuerburg. Der sportliche Joachim war als Berufssoldat in Munster Lager stationiert, das Mathe-Ass Dirk arbeitete in einer Bank in Trier, die Einserabiturientin Tina studierte in Bonn, Stufenclown Stephan hatte den Geflügelhof seines Großvaters in Vianden übernommen. Die ruhige Nadine, die schon bei der Übergabe der Abiturzeugnisse hochschwanger gewesen war, lebte mit ihren inzwischen drei Kindern in Lothringen, der Heimat ihres Mannes.

Als sie sich zufällig nacheinander in der Zeit zwischen den Jahren in Neuerburg trafen und feststellten, dass jeder von ihnen Weihnachten und Neujahr bei den Eltern verbrachte, war der Entschluss schnell gefasst. Die Silvesternacht wollten sie gemeinsam verbringen. So wie früher, oben am Burgblick, wo man das Feuerwerk auf der Burg Neuerburg und unten im Ort gut sehen konnte.

Erstaunt stellten sie am Silvesterabend fest, wie viele neue Häuser in den vergangenen Jahren in den Hang gebaut worden waren. Burgblick war inzwischen keine reine Ortsbezeichnung mehr, sondern der Name der neu entstandenen Siedlung.

Die erste Stunde verging damit, den anderen die jeweiligen Partner und Kinder vorzustellen. Als sie in Erinnerungen schwelgten, begann fast jeder Satz mit „Weißt du noch, als ..." Für die alten Freunde reichte ein einziges Stichwort, um in schallendes Gelächter auszubrechen. Dirk erinnerte sich daran, dass immer irgendetwas schiefging, wenn sie gemeinsam unterwegs waren. Auf dem Weg nach Luxemburg platzte ein Reifen an Joachims Auto. Stephan hatte sich bei einer Radtour an der Sauer beide Arme gebrochen, als er nach hinten erzählte und nach vorne gegen einen geparkten Traktor fuhr. Tina hatte für ein Picknick ein Tsatsiki gemacht, aber nicht gewusst, dass es bei Knoblauch einen Unterschied zwischen Zehe und Knolle gibt.

„Wie gut, dass wir jetzt erwachsen sind und solche Missgeschicke nicht mehr passieren", sagte er in die lustige Runde. Um Mitternacht stießen alle mit einem Glas Sekt an. Joachim, der mit dem Auto da war und deshalb Wasser trank, machte beim Anstoßen nur eine minimale Bewegung. Die winzige Gewichtsverlagerung reichte, um auf dem vereisten Untergrund zu stürzen. Sein Oberarm schmerzte zwar stark, aber er wollte sich nichts anmerken lassen, um den anderen nicht den Spaß am Feuerwerk zu verderben.

Während die meisten ihre Raketen und Böller zündeten, feuerte Stephan mit seiner Schreckschusspistole Signal-Muni-

❄ ❄ ❄

Glückklee und Sekt gehören auch in der Eifel zu einem gelungenen Jahreswechsel.

tion ab. Dumm nur, dass er beim Einpacken der Schreckschussmunition eine Gaspatrone übersehen hatte. Als er diese genau neben Nadine zündete und ihre Augen mit einem Mal fürchterlich brannten, sprang sie vor Schreck beiseite. Dabei fiel sie gegen Tina, die grade einen Ladykracher angezündet hatte und werfen wollte. Unglücklicher konnte es einfach nicht laufen, denn der brennende Ladykracher flog in die große aufgesetzte Tasche von Dirks Jacke, in die er seine Böller gesteckt hatte. Obwohl er die Jacke in Windeseile auszog, zündeten einige der Böller und er trug leichte Verbrennungen an Händen und Bauch davon.

Sofort versorgten sie ihn aus dem Autoverbandkasten und verständigten den Rettungsdienst. Bis dieser eintraf stand fest, dass der Rettungswagen auf dem Rückweg voll besetzt sein würde. Neben den Verbrennungen bei Dirk musste Tina behandelt werden, die nach dem Schuss über Schmerzen in Augen und Ohren klagte. Joachim konnte den Arm nicht mehr bewegen und wollte ihn untersuchen lassen. Das war die richtige Entscheidung, denn im Nachhinein stellte sich heraus, dass er einen komplizierten Oberarmbruch hatte, der mit einer Metallplatte versorgt werden musste.

Im neuen Jahr konnte es wirklich nur noch besser werden. Vorsichtshalber verabredeten die Freunde für den nächsten Jahreswechsel keine Feier. Irgendwas ging eben immer schief, wenn sie gemeinsam unterwegs waren.

❊ ❊ ❊

Sternsinger

Kaplan Hahnen bereitete die Kinder seiner Pfarrgemeinde in Kall auf das Sternsingen vor. Es hatten sich wesentlich mehr Kinder gemeldet, als er erwartet hatte. Nun wollte er allen auf den Zahn fühlen. Wie ernst war es ihnen mit der Aussage, sie wollten allein für Gottes Lohn von Haustür zu Haustür ziehen? In den vergangenen Jahren hatte er leider erleben müssen, dass einige Kinder lieber Süßigkeiten für sich selbst, als Geldspenden für wohltätige Zwecke entgegennahmen.

Also versammelte er seine Schäfchen im zentralen Pfarrbüro in Steinfeld. Einige waren mit dem Linienbus gekommen, einige hatte er im Auto mitgenommen, der Rest war von den Eltern gebracht worden. Selbst die ortsansässigen Eltern nutzten die Gelegenheit zum Besuch von Kloster Steinfeld, während ihre Kinder in der Sternsingerbesprechung waren. Die fast 900 Jahre alte Basilika im Salvatorianerkloster hoch oben auf der Höhe über der Urft strahlte eine Ruhe aus, die besonders so kurz nach der hektischen Weihnachtszeit sehr wohltat.

„Sternsinger darf nur werden, wer mir mindestens eine Frage über die Heiligen Drei Könige richtig beantwortet", sagte er. Und los ging es.

Gregor wurde Sternsinger, weil er die Namen Caspar, Balthasar und Melchior wusste. Lisa nannte das Datum 6. Januar. Paul kannte ihre Herkunft aus dem Morgenland, Nora wusste ihren Beruf als Sterndeuter. Die Zwillinge Otto und Anna konnten gemeinsam die Gaben Weihrauch, Gold und Myrrhe aufzählen. Dass sie auch Äpfel aufzählten, überhörte der Kaplan schmunzelnd. Sie hatten also aufgepasst, als er vor einigen Wochen über den Heiligen Hermann Josef von Steinfeld sprach, der im Kloster Steinfeld begraben liegt und als Kind der Muttergottes Äpfel als Geschenk brachte.

Nun war Luca an der Reihe. „Wo sind die Heiligen Drei Könige denn begraben?", fragte der Kaplan. Luca hob die Schultern. „Das weiß niemand." Kaplan Hahnen versuchte zu helfen: „Im Kölner Dom gibt es einen Dreikönigsschrein." Luca antwortete: „Ich war mit meinen Eltern bei einer Führung im Kölner Dom. Als wir am Dreikönigsschrein standen, hat die Führerin gesagt, dass er vor über 100 Jahren das letzte Mal geöffnet wurde. Die Leute haben damals Kinderknochen darin gefunden. Kann doch gar nicht sein! Die Heiligen Drei Könige waren doch Erwachsene!"

Der Junge brachte Kaplan Hahnen in die Bredouille, denn er hatte ja recht. Aber wie sollte er den Kindern erklären, dass der Dreikönigsschrein auch nach dem Fund von Knochen eines etwa 12-jährigen Jungen weiterhin als letzte Ruhestätte der Weisen aus dem Morgenland gilt? Sein Schweigen verunsicherte die Kinder. Anna bekam Mitleid mit ihm. Er wusste die Antwort auf eine einfache Frage nicht, also half sie ihm: „Ist doch klar: Das sind die Knochen von den Heiligen Drei Königen, als sie noch klein waren!"

Alle lachten Anna aus, aber Kaplan Hahnen war froh um ihre Hilfe. Zum Dank durfte sie das Tablett mit den traditionellen Dreikönigskuchen herumreichen. Jedes Kind bekam einen runden Kuchen, doch drei davon hatten einen besonderen Inhalt: Die Pfarrreferentin hatte in die schon gefüllten Backförmchen drei Knöpfe fallen lassen. Nach dem Backen war nicht mehr zu sehen, in welchen Küchlein die Knöpfe waren. Erst beim Essen fanden drei Kinder jeweils einen Knopf in ihrem Kuchen. Diese Kinder hatten beim Sternsingen eine

Sonderrolle, denn sie durften die Drei Könige darstellen. Ihnen wurde eine Krone aufgesetzt und ein Umhang aus Samt umgelegt. Und es fügte sich perfekt, dass die schlagfertige Anna einen der Knöpfe fand.

Prosit Nöhjjohr!

Nach seiner Meisterprüfung als Bäcker war Guido im Herbst 2010 aus der Nordeifel nach Bonn gezogen, weil ihm das Landleben zu langweilig erschien. Die Millionenstadt Köln hatte ihn nicht gereizt, aber das übersichtliche Bonn entsprach genau seiner Vorstellung. In Poppelsdorf fand er ein Zimmer in einer Wohngemeinschaft. Die beiden männlichen Mitbewohner waren kaum in der Wohnung, sodass er sich vorwiegend mit der brasilianischen Übersetzerin Louisa unterhielt.

So unterschiedlich ihre Herkunft und ihre Berufe waren, so viele Gemeinsamkeiten hatten sie. Frühes Aufstehen machte Louisa nichts aus, für Guido war sie sogar bei der Wahl der Ausbildungsstelle ausschlaggebend gewesen. Beide machten sich nichts aus Diskotheken, lasen lieber ein gutes Buch oder spielten ein Brettspiel. Die groß gewachsene Louisa genoss es, zu dem 1,96 m großen Guido aufschauen zu können, sie mochte es nicht, wenn ein Mann kleiner war als sie. Dafür liebte sie es, von ihm bekocht zu werden. Das machte er inzwischen täglich, nachdem er sie einmal zu Rievkuche mit Rübenkraut eingeladen hatte, die ihm für eine Person zu üppig geraten waren.

Guido wiederum mochte Louisas Fröhlichkeit, ihr Sprachtalent und ihre Fähigkeit, Räume hübsch zu gestalten. Aus dem schäbigen 1970er-Jahre Badezimmer der WG hatte sie mit wenig Geld und viel Fantasie eine Wohlfühloase erschaffen.

Nach einigen Monaten der bewundernden Freundschaft stand fest, dass sie mehr füreinander empfanden. Ohne große Feier ließen sie sich im Alten Rathaus trauen. Die beiden Mitbewohner hatten schon lange gemerkt, dass Guido und Louisa ein Paar waren und hatten sich – quasi als Hochzeitsgeschenk – eine neue Wohnung gesucht.

Kein Jahr nach der Hochzeit kam das kleine Töchterchen zur Welt. Mit blauen Augen wie der Papa und schwarzen Locken wie die Mama war Melissa eine echte Schönheit. Die Zeit des Mutterschutzes nutzte Louisa für Zukunftspläne. Sie hatte die Idee, eine eigene Bäckerei aufzumachen, denn sie liebte die Vielfalt des deutschen Brotes. Nie konnte sie sich entscheiden, welches Brot Guido ihr von der Arbeit mitbringen sollte. Süßen Stuten, herzhaftes Roggenbrot, kerniges Dinkelvollkornbrot, traditionelles Oberländer oder modernes Möhren-Chiasamen-Brot? Sie liebte jede Sorte. Guido gefiel die Idee seiner Frau. Selbst ein Meisterbrief schützte ihn in der Großbäckerei, in der er momentan arbeitete, nicht vor eintöniger Arbeit. Er wollte gerne neue Rezepte ausprobieren, alte Rezepte nachbacken, einfach sein eigener Herr sein. Luisa würde den Verkauf und die Buchhaltung übernehmen. Also fragte er bei der Innung an, ob ein Bäcker in der Nähe seinen Betrieb verkaufen wollte. Die zuständige Sachbearbeiterin verneinte zwar, sagte ihm aber zu, sich zu melden, wenn sie etwas hören würde.

Guidos Jahresurlaub im Oktober nutzte die kleine Familie für eine Reise in Luisas Heimat. Ihre Eltern und Geschwister hatten ja ihr Enkelchen und Guido bislang nur auf Fotos und beim Skypen gesehen. Guido wurde aufs Herzlichste in die Familie aufgenommen und war so glücklich wie nie zuvor.

Er flog am Ende seines Urlaubs allein zurück, Luisa wollte noch zwei Wochen länger bleiben. Auf ihrer Fahrt aus den Bergen zum Flughafen in Brasilia geschah das Unvorstellbare: in einem Moment der Unaufmerksamkeit verlor der Taxifahrer die Kontrolle über sein Fahrzeug, kam von der Straße ab und stürzte einen Abhang herunter. Luisa, Melissa und der Taxifahrer konnten nur noch tot geborgen werden. Als eine Bonner Polizeibeamtin Guido die Todesnachricht überbringen musste, brach für ihn die Welt zusammen. Kein Freund, kein Arbeitskollege, niemand konnte ihn trösten. Er hielt es in der gemeinsamen Wohnung nicht mehr aus, verschenkte alle Gegenstände, die ihn an seine geliebte Frau und seine süße Prinzessin erinnerten.

Eines Tages fiel ihm ein Collegeblock mit Notizen in Luisas Handschrift in die Hände. Es war eine detaillierte Planung für die gemeinsame Bäckerei. Je mehr er las, desto leichter wurde ihm ums Herz.

War es Zufall oder ein Wink von oben? Noch während er in Luisas Notizen blätterte, klingelte das Telefon und die Dame von der Innung teilte ihm mit, dass in Blankenheim ein Bäcker in den Ruhestand gehen wollte und einen Nachfolger suchte.

Die Bäckerei hatte eine gute Lage, nur wenige Schritte von der Ahrquelle und dem Eifelmuseum entfernt. Der Kundenstamm war solide, das Inventar in der Backstube und im Verkaufsbereich gut in Schuss. Der Inhaber verlangte eine recht niedrige Ablöse, denn er mochte Guido und freute sich daran, einen jungen Nachfolger gefunden zu haben, der sein Lebenswerk weiterführen wollte. Ihm hatte schon davor gegraut,

✳ ✳ ✳

seine Kunden die Billigware der Discounter kaufen zu sehen. Also wurden beide schnell handelseinig, sodass Guido schon das Adventsgebäck in der eigenen Bäckerei backen konnte.

Die viele Arbeit und das Lob der Kunden ließen ihn seinen Verlust zwar nicht vergessen, aber er konnte ihn leichter ertragen. Nachts buk er, morgens verkaufte er selbst, um seine Kunden kennenzulernen. Für den Nachmittag hatte er eine Verkäuferin von seinem Vorgänger übernommen, damit er sich um die Abrechnungen und Bestellungen kümmern konnte. Wenn er damit fertig war, fiel er in einen traumlosen Schlaf der zufriedenen Erschöpfung.

Der Gesetzgeber hatte ihm für den 2. Weihnachtstag eine Zwangspause ins Ladenschlussgesetz geschrieben. Doch was sollte ein Witwer allein an Weihnachten machen? Er setzte sich in die Backstube und blätterte durch die alten Backrezepte seines Lehrherrn und seines Vorgängers.

Ein Rezept fiel im sofort in die Augen: Der Nöhjjohr. Als Kind hatte er diesen Weckmann mit den zwei Köpfen geliebt. Zusammen mit seinen beiden Cousinen hatte er jedes Jahr am 1. Januar die Großeltern besucht und von Oma einen Nöhjjohr geschenkt bekommen. Der Opa hatte dazu stets erzählt, mit wie viel Kilo Liebe Oma die kleinen Kerlchen für die Enkelkinder geformt und gebacken hatte. Ihr war zu verdanken, dass Guido so gerne kochte und buk. Opa hatte auch immer erklärt, warum der Nöhjjohr zwei Köpfe hat, denn er schaut am ersten Tag des Jahres zurück auf das letzte Jahr und nach vorne in das nächste Jahr. Manchmal hatte Opa die Neujahrsfigur Janus genannt und von dem römischen Gott erzählt, der dem Januar zu seinem Namen verholfen hatte und mit zwei Gesichtern in die Vergangenheit und in die Zukunft schaute.

Guido schmunzelte. Seine Großeltern waren schon seit einigen Jahren tot, doch er hatte viele schöne Erinnerungen an sie. So sollte es mit Luisa und Melissa sein. Er wollte ohne Schrecken in die Vergangenheit blicken. Die Bäckerei half ihm dabei, denn mit ihr erfüllte er Luisas großen Traum. Darin waren Vergangenheit und Zukunft vereint, wie in einem Nöhjjohr.

Nachdenklich, aber nicht mehr so traurig wie vorher erwärmte er 300 Milliliter Milch und löste darin 100 g Hefe auf. Nach und nach mengte er 1,2 Kilo Mehl, 120 Gramm Zucker, 120 Gramm Butter, 15 Gramm Salz und vier Eier hinzu. Er knetete den Teig, bis er ihm nicht mehr an den Händen klebte, legte ihn in eine Schüssel, deckte sie ab und schob sie in den Gärschrank. Wie sollte der Nöhjjohr aussehen? Er hatte zwei Ideen.

Nachdem er eine halbe Stunde geruht hatte, war der Teig gegangen und konnte geformt werden. Guido teilte ihn in zwei Hälften und formte daraus zwei Weckmänner mit doppelten Köpfen, die nach rechts und links schauten. Der einen Figur drückte er Rosinen als Knöpfe in den Bauch, in den Bauch der anderen ritzte er mit einem Schaschlikstab die neue Jahreszahl. Beide erhielten Rosinenaugen und durften nebeneinander eine Dreiviertelstunde im warmen Gärschrank liegen. Eine weitere Dreiviertelstunde mussten die Männchen nun im Ofen backen, nachdem Guido sie mit Eigelb eingestrichen hatte. Schon nach der Hälfte der Zeit dufteten sie so köstlich, dass er seiner Großmutter in Gedanken einen Kuss schickte. Noch heiß probierte er ein Stück. Ja, es schmeckte fast so gut wie Omas Nöhjjohr. Der Geschmack des abgekühlten Gebäcks war ebenso gut, nicht zu süß und mit Butter oder Erdbeermarmelade perfekt.

Zunächst hatte er Sorge, dass er auf den Figuren sitzen bleiben könnte, aber er wagte es. Zum Jahreswechsel war die Theke in der Bäckerei zur Hälfte mit Nöhjjohrs vollgepackt

✳ ✳ ✳

und er hatte nur ein Dutzend Neujahrskränze gebacken. Umso mehr freute er sich, als schon um halb zehn morgens keine Nöhjjohrs mehr zu haben waren. Den Kunden, die später kamen und danach fragten, versprach er, gleich im neuen Jahr Nachschub zu backen.

Eine über 90-jährige Kundin erzählte ihm, dass sie als Kind noch den Spruch für den Nöhjjor gelernt hatte: „Prosit Nöhjjor, de Kopp vull Hoor, de Mungk vull Zäng, dä Nörjjor in de Häng!" und freute sich wie ein kleines Kind, dass sie sich dies sogar über die lange Zeit hatte merken können.

Alle waren begeistert. Die einen lobten den Geschmack, die nächsten die hübsche Form, andere die Wiederaufnahme einer alten Tradition und wieder andere die Symbolik des Blicks ins alte und neue Jahr. Ins neue Jahr sah Guido viel zuversichtlicher. Bestimmt saßen seine Großeltern zusammen mit Luisa und Melissa auf einer Wolke und freuten sich darüber, dass Guido seine schlimmste Trauer überwunden hatte und mit jedem geformten Nöhjjohr zeigte, dass er an sie alle dachte.

(Liebe Leser: Wenn Sie Guidos Nöhjjohr nachbacken wollen, heizen Sie den Backofen bei Ober-/Unterhitze auf 180 °C vor. Den Teig lassen sie abgedeckt an einem warmen Ort gehen, er reicht für zwei große oder fünf bis sechs kleine Nöhjjohrs.)

Weitere Bücher aus der Region

Düsseldorf – einfach Spitze!
100 Gründe, stolz auf diese Stadt
zu sein
Thomas Bernhardt
104 Seiten, zahlr. Farbfotos
ISBN 978-3-8313-2900-7

Bahkauv, Bend und Bunte Liga
Geschichten und Anekdoten aus Aachen
Günter Krieger
80 Seiten, zahlr. schw./w. Fotos
ISBN 978-3-8313-2759-1

Bonn – Die Beethovenstadt
Martin Wein
Farbbildband.
deutsch/english/français
64 Seiten
ISBN 978-3-8313-2762-1

Aufgewachsen in Düsseldorf
in den 60er und 70er Jahren
Thomas Bernhardt, Wolfgang Schmitz
64 Seiten, zahlr. farb. u. schw.-w. Fotos
ISBN 978-3-8313-1845-2

Wartberg Verlag GmbH & Co. KG
Im Wiesental 1 | 34281 Gudensberg
www.wartberg-verlag.de

Bücher für Deutschlands Städte und Region
Tel. 05603-93050
Fax 05603-930528